「アスラ、民間人を巻き込まないでください」
「いでてっ」
Kenta Mutoh
武藤健太
illustration
るろお
無属性魔法の救世主《メサイア》
11

「す、すすす、すごいなミレディ……」

「何がそうは行かないのですか？」
コーラスが
落下しながら鎖鎌《くさりがま》の分銅を…

『ハイド』らしき二人組は焦る様子もなく、
二手に分かれて駆け出した。
二人のうち一人が、どこからともなく鎖鎌《くさりがま》を手に握り、
サンド・ドラゴンに肉薄する。
「ギャオ……ッ！」

『裏側』……ネブリーナが言った通りだ。
「……」

さすがのミレディも絶句していた。
コーラスは『大穴』を覗《のぞ》き込んでは、
その辺の石を『大穴』に投げ入れて、
『大穴』の向こう側にある空へ
無限に落ちていく様をじっと見ていた。
「……すごい」

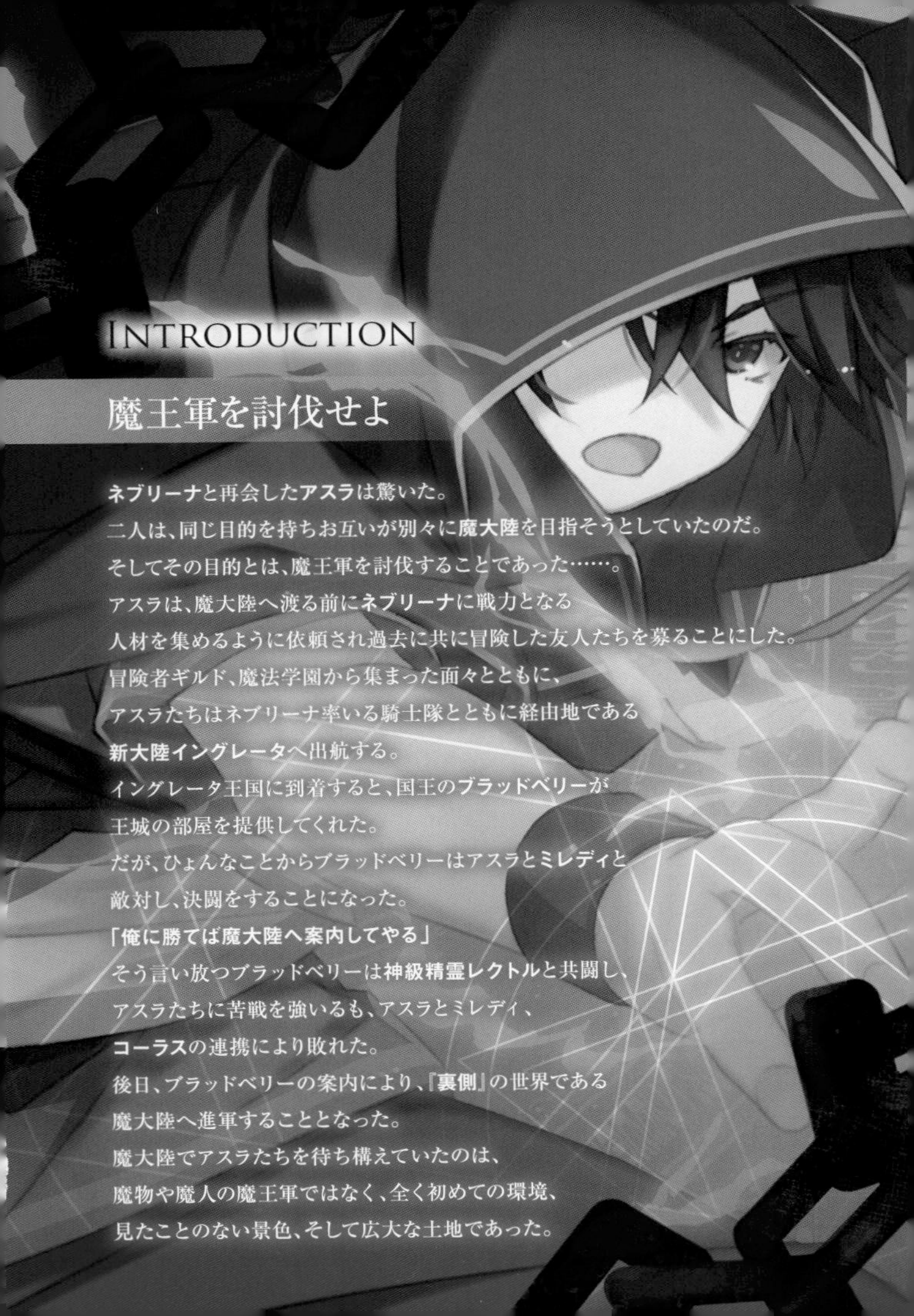

INTRODUCTION

魔王軍を討伐せよ

ネブリーナと再会した**アスラ**は驚いた。
二人は、同じ目的を持ちお互いが別々に**魔大陸**を目指そうとしていたのだ。
そしてその目的とは、魔王軍を討伐することであった……。
アスラは、魔大陸へ渡る前に**ネブリーナ**に戦力となる
人材を集めるように依頼され過去に共に冒険した友人たちを募ることにした。
冒険者ギルド、魔法学園から集まった面々とともに、
アスラたちはネブリーナ率いる騎士隊とともに経由地である
新大陸イングレータへ出航する。
イングレータ王国に到着すると、国王の**ブラッドベリー**が
王城の部屋を提供してくれた。
だが、ひょんなことからブラッドベリーはアスラと**ミレディ**と
敵対し、決闘をすることになった。
「俺に勝てば魔大陸へ案内してやる」
そう言い放つブラッドベリーは**神級精霊レクトル**と共闘し、
アスラたちに苦戦を強いるも、アスラとミレディ、
コーラスの連携により敗れた。
後日、ブラッドベリーの案内により、**『裏側』**の世界である
魔大陸へ進軍することとなった。
魔大陸でアスラたちを待ち構えていたのは、
魔物や魔人の魔王軍ではなく、全く初めての環境、
見たことのない景色、そして広大な土地であった。

無属性魔法の救世主《メサイア》 11

武藤健太

ヒーロー文庫

11
無属性魔法の救世主《メサイア》

CONTENTS

プロローグ〈半年後①〉 005
81話 半年後② 011
82話 計画段階 039
83話 集結 078
84話 新大陸イングレータへ 114
85話 国王ブラッドベリー 145
86話 魔大陸へ 243

illustration / るろお

イラスト／るろお
装丁・本文デザイン／5GAS DESIGN STUDIO
校正／佐久間 恵（東京出版サービスセンター）
DTP／鈴木庸子（主婦の友社）

この物語は、小説投稿サイト「小説家になろう」で
発表された同名作品に、書籍化にあたって
大幅に加筆修正を加えたフィクションです。
実在の人物・団体等とは関係ありません。

プロローグ〈半年後①〉

以前、山麓都市ツァイオンを魔物の群れが襲ったと騎士隊から報告を受けたことがある。

〈ネブリーナ〉

ちょうど半年前のことだ。

現在、馬車に乗って向かっている目的地が、まさにツァイオンである。

ツァイオンは王都からかなり離れており、大陸の北端に近い場所にある。そんな辺境に魔物の群れが出没したことなどそれまでになかった。

もちろん、常駐している騎士隊員はいたが、魔物の群れは数百体にも上ると言うじゃないか。到底、常駐隊員だけでは対処できないと思われた。

が、しかし、常駐隊員の当時の報告にはこうあった。

「トワイライトの亡霊……？」

騎士隊長のランド＝スカイラックが首を傾げる。

馬車の中で私は、半年前の魔物の群れによるツァイオン襲撃事件の報告書には記載されなかった裏話を、ランド騎士隊長に話していた。

「はい……これは私個人の推測ですが、亡霊はアスラのことではないかと……」

隣に座る騎士隊長のランドに私の見解を説明した。

今、エアスリル王国内では、こんな噂が流れている。

ある山賊が、アスラ=トワイライトと名乗る者に制裁を下されたらしい。

その山賊たちは丸裸丸坊主にさせられて、下山させられ、口々にトワイライトの亡霊が出たと泣きながら話すものだから、山賊を捕らえた王国民や騎士隊により、瞬く間に王国内に噂が広まったのだ。

なぜ亡霊かと言うと、アスラ=トワイライトは、書類上では死んだことになっているから。

解放軍による王都への二度目の侵攻……『第二夜』の際、アスラは王都を守るために命を落とした……こととなっている。

実際のところ、アスラは精霊となって生き延びており、精霊から人間に戻ることで、生還を果たした。

しかし、それを公表したとしても、世間の混乱を招くばかりか、そんな前代未聞の生還など誰が信じられようか。

それに、死んでもなお亡霊としてアスラが王国を守っていると思い込ませてしまった方が、王国民たちはアスラを神格化して、勝手に安心してくれる。

アスラが生還して一年近く経つ。しかし、彼の生存という情報をどう取り扱うか、未だに王族は頭を悩ませていた。

「アスラなら魔物の群れを殲滅《せんめつ》したという報告にも頷《うなず》けますよね、ふふふ」

「せ、殲滅……ですか、姫様」

「はい。ツァイオンの建物には多少の損壊があるようですが、都民は無傷とのことですよ、ランド騎士隊長」

ランドはアスラの強さを十二分に承知している……しているが、戦慄《せんりつ》は隠せない。それほどに、アスラが殲滅した魔物の群れが大規模だったのだ。

撃退ではなく、殲滅。

被害状況も鑑みて、神の御業と言える。

「姫様、間もなく山麓都市ツァイオンです」

馬車の窓から、遠くに巨大な木が見えた。

「あれが街木ですね。国王に連れられて私も来たことはありますが、見るたびに驚きます。騎士隊長は何度かここへ？」

「はい。遠征の拠点にしたことは何度か……しかし、『魔王軍討伐』の出発点にしたことはありませんし、聞いたこともありません」

「そうでしょう、そうでしょう。歴史的に見ても初めてのことです。でも、ツァイオンの市長は快諾してくれましたよ？」

「当たり前です。『魔王軍討伐』の拠点になった都市という箔《はく》がつくのです。アスラ君たちがいるというだけで――」

「アスラがいる場所を拠点とすることこそ、当たり前なのです。もし『魔王軍討伐』にアスラが参加してくれるなら、彼が最高戦力となるのですから」

「参加……してくれるでしょうか……」

「……」

「……」

「少しでも渋れば、諦めて出発しましょう。彼らの人生は、たった一年前に始まったばかりです。彼らは……運命に翻弄され過ぎた……」

「姫様……どのようなご判断でも、我々は喜んで従います……」

「ありがとう、ランド騎士隊長」

はっきり言うと、アスラがいなければ魔王と戦う自信も、魔王まで辿り着く根拠もなくなる。騎士隊員の士気も当然下がる。

本当に情けない話だが、アスラ頼みの旅だ。

彼こそが、この『魔王軍討伐』を成し得る救世主である。

近年、魔物が増加し、凶暴化している原因が、新魔王の誕生だとわかるまで、時間がかかり過ぎた。新大陸『イングレータ』と国交を結ぶに至り、ようやく原因を突きとめたのだ。魔王や魔大陸の情報はほとんどイングレータから得たもので、国交が正常化するまで、私たちはそれを知る由もなかった。

イングレータは陸地が一つの国になっている小さな大陸である。

独特な文化を持つイングレータと友好な関係を結び、イングレータ協力のもと、魔大陸へ渡る手段を得られた今が進軍の時だと、エアスリル王国はもちろん、レシデンシア、ビブリオテーカの三王国は判断したのだ。

エアスリルを包括する大陸を『三王国大陸』と仮称し、各国から一人ずつ選ばれた神級精霊とその契約者を主戦力とし、各国の騎士隊も集結させて魔大陸へ攻め込み、魔物との親玉である魔王を討伐するという目的の取り決めが成された。

従って、エアスリルの神級精霊とその契約者であるアスラとミレディの協力なしでは正直、エアスリルの立つ瀬はないし、戦力的にも厳しいが、そもそも無い袖は振れない。

二人の協力を得るのが難しいと判断した時は諦めようと、騎士隊長ランド＝スカイラックと決めている。

「今は友人として再会することを楽しみにしておきます」

「それが良いでしょう。ところでツァイオンと言えば、美食の街として有名で、一度姫様にご賞味して頂きたい店が――――」

ランドが暗い話題を終わらせて、この旅に楽しみを見いだそうと明るい話題を振ってくれた。

強さの中に優しさのある男である。

「アスラたち……元気でしょうか」

私は独りごちた。

81話　半年後②

〈ネブリーナ〉

ツァイオンに到着してすぐ、私たちは市長に出迎えられた。騎士隊に衣食住の提供を申し出てくれたのだ。自分の治める街が『魔王軍討伐』の出発拠点になることが余程嬉しい様子。

この『魔王軍討伐』の指揮は私とランド騎士隊長が執り行っている。

私の父でもある国王ラトヴィスは、私の母である王妃と王城に残った。王族は本来、このような遠征には出向かないのだが、友人であるアスラとミレディを巻き込むのだから、私はじっとなどしていられなかった。

ツァイオンの街の中心には、街木と呼ばれる超巨大な樹木がそびえ立っており、街木の幹には多くの運搬用の巨大な昆虫である黄色テントウがとまっている。

半年前の魔物の群れの襲撃の痕跡は街から消えており、活気のある豊かな雰囲気を取り戻していた。

「良い街ですね」

「ええ、姫様……」

ランド騎士隊長は、私の隣で街の空気を大きく吸い込み、穏やかな相槌《あいづち》を打つ。

草木の良い匂いが街には漂っており、気持ちが落ち着く。都民の表情も豊か。本当に良い街だ。

騎士隊は大所帯のため、ひとまずは街の外れで待機させ、ツァイオンの中に入ったのは私とランド騎士隊長を含めた数人。

市長は私たちがしばらくツァイオンで寝食ができるように騎士隊専用の宿舎を建てたのだという。最初はそこに案内された。

ツァイオンの街は円形になっており、中心に街木と居住区、それを円状に囲むように商業区がある。宿舎は商業区のさらに外れに一棟建てられていた。

宿舎は五階建の木造建築で、貴族の屋敷ほどの大きさがある建物だ。急いで建てられたからか、装飾はほとんどない質素な外観だが、中に入ってみると清潔感があり広さも充分であることがわかった。

一階はワンフロアが丸々共有スペースになっており、これなら騎士隊全員が優に収まると感じたので、街の外に待たせている騎士隊員たちを呼びに使いを出した。宿舎で身の回りの世話をしてくれる職員が数名いるようで、今使いに出したのもその一人である。

騎士隊員たちを呼び寄せている間に建物の中を見させてもらう。二階から四階までは騎士隊員用の個室が並んでおり、最上階の五階は、その全てが私の部屋になっているらしい。

「私も個室で良いのですが……」

その部屋を前にした時、思わず声を漏らした。

別に私たちは旅行に来ているわけではないのだ。私の横でランドが肩をすくめて、王族ですから当然です、と苦笑いをする。

市長には私の部屋の前で案内を終えてもらい、その場で別れた。

「……ったく、こと魔王軍討伐に関して私に媚《こ》びへつらったところで褒美は何もないのに」

本人に聞こえないよう小言をこぼしながら、市長を見送り、いざ部屋の扉を開ける。

と、そこには見慣れた顔が二つ。

「なぜ貴方たちが先に……？」

部屋にはすでに黒髪の少女と赤髪の少女がいた。

黒髪の方はクシャトリアという元人工精霊。精霊だった頃はアスラと契約していたという経歴を持つ。人工精霊だった時の無属性魔法を今も使うことができ、かなり腕が立つ。

もう一人の赤髪の方はアルタイル。こちらは現在も人工精霊の身であり、クシャトリアと同様にアスラと契約していた。

およそ二年と半年……いや、もうすぐで三年前の出来事になるが、解放軍の襲撃でアスラが精霊になって以降、二人との契約は解かれた。人工精霊でなくなったクシャトリアは、アスラから引き継ぐ形で人工精霊のアルタイルと契約し、今は王宮近衛隊という王族直下の部隊として二人で組織している。

「遅かったじゃないか」

クシャトリアは部屋のテーブルに用意された果物をかじって、事もなげに言う。

王宮近衛隊は王族の直轄である。言うまでもなく、二人は王国内でも一、二を争うほど強い。戦闘能力はもちろん、咄嗟《とっさ》の判断力や行動力。それらは二人がこれまで歩んできた過酷な人生と経験を裏付けるには充分なものだった。

それに私の友人であるアスラと共に旅をしていた者たちである。

クシャトリアもアルタイルも立場上は私の部下という扱いにはなるが、その枠組みに収めるには、いささか勿体《もったい》ない人材なのだ。

従って、かなりフレンドリーな付き合いとなっている。

「王国の姫である私より先に私の部屋でくつろぐとは……良い度胸ですね」

私の不満も二人にとってはどこ吹く風。いつも一蹴されてしまうのだ。

「先に部屋に入って罠《わな》や魔法が仕掛けられていないか調べてやったんだ。まずはありがとう、だろう？　ん？　王国の姫君なんだろ？」

「うぐ……あ、ありがとうございます……」

「お礼を言われるほどのことではありません。ネブリーナ様。部屋に特段異常はありませんでした。盗聴や監視への警戒も必要ないかと……」

「念のために私たちもこの部屋に滞在してやろう」

クシャトリアの面白がるような言葉に私が頭を下げると、二人はここで過ごすと言い出した。

「そうして頂けると安心ですが……ベッドなどは……？」

「馬鹿だなぁネブリーナは。もうとっくにベッドをこの部屋に持って来させるように頼んであるに決まっているだろう」

この王国内で私に馬鹿と言える人間が何人いるだろうか。思えばアスラもそうだった。私にありのままで接してくれる数少ない友人である。逆にさっきの市長のように私に媚《こ》びへつらう表情は、どうも好きになれずにいた。ありのままの態度でいてくれる方が居心地が良いのに。しかしそれも王国の姫という立場が邪魔をしているのは承知の上。割り切っている。

「……まあいいでしょう」

クシャトリアのそれも、私への信頼からくるもの。別に咎《とが》める必要もない。

「姫様。一国の姫君が馬鹿と言われて、まあいいでしょう、で済む国はあまり多くありません」

ランド騎士隊長がクシャトリアを牽制《けんせい》する。

「なんだ騎士隊長。私への苦情か？」

「………」

騎士隊長は鬱陶《うっとう》しそうに顔を背ける。

ははん、クシャトリアが苦手なんですね、騎士隊長ランド＝スカイラック。

「そんなことより今後の話を」

和んでいると、アルタイルが先を促した。

「手短に説明します。この街におそらくアスラとミレディが暮らしているはずです。ここに来た目的は、彼らに魔王軍討伐に参加してもらうこと。ただし無理《むり》強《じ》いはしないつもりです」

ここに来た目的をざっくりと説明する。

ある方法で手に入れた情報によると、彼らは一年前に王城を出た後、ウィラメッカスへ行き、すぐに王都に戻った。王都から馬車でカヴェンディッシュ領へ向かい、数ヶ月ほど滞在した後、また王都に戻って来て、今度は汽車で水都メーザを訪れている。その日のうちに汽車で水都メーザを出て、ここ山麓都市ツァイオンを訪れている。

その後半年は彼らが移動したという情報はない。従って、このツァイオンに二人ともいるはずである。

　それらをクシャトリアとアルタイルに説明する。

「ネブリーナ、それは確かな筋の情報なのか？」

「はい、私の情報網ですよ。間違いありません」

「しかし変ですね、ネブリーナ様……。アスラ様たちの移動の仕方が不自然です」

　私がクシャトリアの質問に答えると、アルタイルが首を傾げた。

「アスラのことですよ。理解しようとしても雲を掴《つか》むような話です」

　しかしそう言うとクシャトリアとアルタイルは、どこか腑《ふ》に落ちたように頷《うなず》いた。

　どこまで変人と思われているんですか、アスラ……。自分から言っておいて申し訳ないが、アスラが変人というのは周知の事実のようだ。

「目下、私たちはアスラとミレディを探しましょう。アスラとミレディをこの街及び街の周囲で探します。彼らが行きそうな場所を重点的に探しましょう。アスラの思考は読めませんが、ミレディは理屈に合った考えをする女性です。アスラがミレディと一緒にいると仮定し、まずはミレディがどう行動するかを第一に考えて捜索してください」

「承知いたしました。騎士隊は街の周辺から徐々に範囲を絞り、最終的には街中を中心に捜索しましょう」

　騎士隊長のランドは私の指令を聞くや否や、恭《うやうや》しく一礼し、騎士隊員たちのところへ向かった。

「アスラたちはあの堅物が騎士隊を使って見つけ出すだろう。私とアルタイルはこの部屋でお前の警護だ。それでいいだろう？　お姫様」

「その件については、私も独自にアスラたちを探したいと思います。ですので警護をお願いしますね」

「……」

クシャトリアにそう返すと、彼女はあからさまに面倒くさそうな顔をした。おおかた、この豪奢《ごうしゃ》な部屋でのんびりしようとでも考えていたのだろうが、私は私で久しぶりに訪れる街と友人との再会を前にうずうずしているのだ。

こうしては居られない。

「準備を終えたらすぐに出ますからね」

「はい、ネブリーナ様」

「………」

アルタイルの綺麗《きれい》なお辞儀とクシャトリアの不満気な顔が対照的過ぎて、少し口が綻《ほころ》ぶ。

宿舎の外を窓から覗《のぞ》いてみると、街の全貌がはっきりとわかる。

街の中央に巨大な街木がそびえ立っており、街木を中心に円状に居住区が広がっており、さらに商業区が居住区を丸く囲んでいた。

その商業区の一角に冒険者ギルドの建物が大きく見える。

宿舎の下ではアスラとミレディを捜索する騎士隊員が編成されている真っ最中だった。

「騎士隊員たちも準備を始めたみたいです。私たちも行きましょう」

私は動きやすい格好に着替えて、クシャトリアたちと宿舎を出た。

◇◆◇

山麓都市ツァイオンは王都から遠く離れているからか、都民たちは私の顔を見ても特に反応を示さなかった。群衆に囲まれることを考えると、こちらとしてはむしろ好都合である。変装する必要がなかった。

ツァイオンは街木に止まっている巨大な虫の黄色テントウを用いて街の運営を行っているのだとか。

騎士隊は主に街の周囲を見回り、都民への聞き込みをメインにアスラの捜索を進めるようだ。

捜索は人海戦術が基本である。

私は騎士隊の手が及んでいない、街の管理をしている役所を訪ねることにした。

のだが……。

「英雄アスラ＝トワイライトと元聖女ミレディ＝フォンタリウスの名前は知っているようでしたが、ツァイオンに住んでいるとは夢にも思っていなかったようですね……」

まさかこれほど王都の流行や情勢が届いていないとは思いもしなかった。アスラとミレディの人相くらいは共通認識で知れ渡っているものだと思っていたのに。

「ふりだしに戻ったな、お姫様」

「他人事だと思って……では、貴方ならどこを探しますか？　クシャトリア」

「そうだなぁ……まずは冒険者ギルドだ」

「冒険者ギルド……ですか？」

冒険者ギルド。

都民や貴族、時には王族から寄せられる数多くの依頼をこなす、いわゆる何でも屋。

確かに盲点ではあったが、アスラたちはもう冒険者などしなくてもいいはず……カヴェンディッシュ家から充分な援助を受けているはずだが……。

「その心は？」

「おいおい、これは冗談なんかじゃないぞ。アイツには基本的に金を貯めるという概念がない。使える時に使う。王都を出てから半年も経っている。今頃はスカンピンのはず」

「クシャトリア様のおっしゃる通りです。アスラ様は冒険者以外の職にまともに就いたことがなく、経験があっても飲食の見習い程度……アスラ様なら冒険者ギルドをアテにするはずです」

クシャトリアとアルタイルの口から、流れるようにアスラへの冒涜《ぼうとく》が出てきた。

アスラ……あなたの印象っていったい……。もしアスラに会えたら私だけは優しくしようと心に誓う。

一方で、二人の説にはかなり説得力があった。アスラからすれば悲しい物言いになるだろうが、アスラの浅はかな思考とは、本来そういうものである。英雄の肩書がそれをぼかしていたが、二人に言われて思い出した。

「な……なるほど……ではツァイオンの冒険者ギルドをあたりますが、二人とも今の言葉はくれぐれもアスラ本人に言ってはいけませんよ。これから魔王軍討伐の協力依頼を持ち掛けるというのに……気を悪くされては堪りません」

「アイツなら大丈夫だろう」

「ええ……こちらが寛容な対応をしてもしなくてもオートでつけあがる方ですから」

「……」

アスラ……彼女らのあなたの評価は地の底まで落ちているようです。私にはどうしてやることもできません。なぜなら否定できないからです。すみません……。

クシャトリアの言うように、私たちは冒険者ギルドに向かうことにした。

幸い、この街ではアスラやミレディの顔が割れていないだけでなく、王族の人相すら広まっている様子はない。

これもひとえに王都から離れ過ぎていることに起因している。

顔を隠さずに堂々と歩ける街は初めてだ。

私は王族の衣装の上から白いクロークを羽織り、体を隠す。フードをしなくて済むので、宿舎を出てからは街の風景がよく見えて気持ちがいい。

目的の商業区に辿り着く。

その一角に冒険者ギルドの大きな建物が見えてきた。

しかし、建物前では冒険者と思しき風体の者たちが何やら慌ただしく騒いでいる。

「おいおい、サンド・ドラゴンだとよ！　冗談じゃねえ！」「ツァイオンに向かってるらしい！」「おい、そこの三人組、あんたら旅人だろ？　大変な時に来たな、早くここを離れた方がいい！」

逃げるように建物から出て来た冒険者は、早く街を離れた方がいいと言い残し、私たちの来た方向へ走り去って行った。

「何事でしょう？」

それを目で追うアルタイル。

「行って確かめましょう」

そう言ってクシャトリア、アルタイルを引き連れて冒険者ギルドの中へ入ると、さらに慌ただしく冒険者やギルドの職員が行き交っていた。

「どの冒険者パーティが遭遇したの!?」「砂漠の牙《きば》です！」「砂漠を中心に活動するパーティでしたね」「どの冒険者が支援に向かったか知らせてください！」「誰も行きませんよ！相手はサンド・ドラゴンだ！　相手が悪過ぎる！」「この街にドラゴンとやり合えるSランカーの冒険者はいませんよ！」

建物を入ったところにあるロビーや酒場では喧騒《けんそう》が渦巻いていた。

「どうやら近隣の砂漠にサンド・ドラゴンが現れたようですね」

「前に見たことがある。岩のような鱗《うろこ》を持つドでかい竜だ。剣や拳は通らない。魔法じゃないと……」

「アルタイル……今この街の拠点を潰されるわけにはいきません。現地に行けますか？」

「はい、姫様のご命令とあらば」

「決まりですね、ギルドの受付嬢に話をつけてきます」

右往左往する冒険者の人混みを掻《か》き分け、受付カウンターへ向かう。

「もし――――」

「――――今それどころじゃない！　後にして！」

少し声を掛けただけで食い気味に突き返された。

仕方がないので、王族手形を。

「――――と言う不躾《ぶしつけ》な受付嬢がいたんですよ、さっきまでね。今はもういません。ご用件を……！」

手首が柔らかい受付嬢だこと。

王族という身分を隠している私も悪い。容赦して話す。

「お忙しいところすみません。ネブリーナ＝エアスリルです」

「おっ……ッ、お姫様……!?」

「唐突に申し訳ありません。事態は何となく把握しています。こちらの者がサンド・ドラゴンの撃退に手を貸しますが……王宮近衛隊のアルタイルという王級精霊です」

アルタイルをカウンターの前に来させ、受付嬢に紹介する。

「なッ！　なんと心強い！　聞いたわね、今すぐ現地の冒険者に連絡を！」

カウンターの受付嬢が他の嬢に指示を飛ばす。

すると、また別の受付嬢がカウンターに入って来て、私の前の受付嬢に耳打ちをし始めた。

「『ハイド』の二人が？　ええ、そうしてちょうだい」

耳打ちを聞き終えた受付嬢は、また指示を出した。

「何かあったのですか？」

「え、ええ……うちに所属する『ハイド』というAランカー冒険者の三人組パーティがあるのですが、ここで最も腕の立つ冒険者でして……ちょうど、砂漠の近くにいるそうで、その三人組と砂漠で合流をお願いしたいのですが……」

「構いません。仲間は多い方が良いので」

三人組……ということはアスラとミレディではなさそうだ……。

しかし、仲間は多いに越したことがないのは確か。

サンド・ドラゴンを相手にできる強者なら、魔王軍討伐のメンバーに引き入れられるかもしれない。

「ありがとうございます、姫様。『ハイド』はフードを目深に被っているマント姿のパーティでして、見ればわかると思います。少し変わった冒険者ですが、腕は確かなので……」

「ご容赦願います」という言葉が文末に隠れていた。

そしてそれを裏付ける申し訳なさそうな受付嬢の表情。

受付嬢であるのだから、冒険者のギルドカードを見て『ハイド』というパーティの素性は知っているはず……。

その上で『変わった冒険者』と敢えて呼称していることから、何らかの訳ありの冒険者たちであることがわかる。

ここで恩を売っておけば魔王軍討伐に協力させるのも容易《たやす》くなる。

「おい、姫様、趣味が悪いぞ。冒険者を魔王軍討伐に加える気だろう……」

「あらクシャトリア。そこまで私は言っていません。その可能性があるのは否めませんが」

「……この偽善者め」

「誉め言葉ありがとうございます」

クシャトリアのうんざりした顔に、私は場違いながら笑いがこぼれる。

受付嬢から、サンド・ドラゴンの大まかな位置を地図で説明を受け、馬を借りて現地へ向かうことにした。

ここでサンド・ドラゴンを撃退できれば嫌でも噂が立つ。

その噂にささやかながら私の名前を添えておけば、噂を耳にしたアスラたちの方から食いついてくるはず……。

馬は二頭。

クシャトリアと私、そしてアルタイルで一頭ずつである。

道すがら見かけた騎士隊員には声を掛けて、協力を促したため、騎士隊員も十名ほど加わった。

馬を飛ばして一時間も経たないところに、砂漠はあった。

「あれは……デカいな……」

砂漠に辿り着き、砂丘を一つ登っただけで、遠くに目的のサンド・ドラゴンを見つけた。思わず声が漏れるほどに大きい。まるで巨大な岩石が動いているかのような、丸い身体をしている。

「やれますか、アルタイル？」

「ええ、少しお時間を頂くと思いますが」

「わかりました。ツァイオンの地でどうやって私たちの名前を広めるか、その算段をしておきます。ゆっくりやってくださいな」

「はい」

アルタイルは騎乗したまま返事をした。彼女の様子からすると大丈夫そう……。

砂漠は小規模で、日中であっても、うだるほどの暑さではない。日差しがキツいわけでもなく、クロークを脱いでも問題はなさそうな気候である。

サンド・ドラゴンは私たちの来た方向、つまりツァイオンへとゆっくり進んでいる。

途中、何人もの冒険者とすれ違った。

「あんたら救援か!?　でも逃げた方がいいぜ！」「岩みたいに硬くて攻撃が通らねえ！倒せるかよ、あんなの！」「騎士隊連れて来ても無駄だよ、都民の避難をさせよう」

冒険者たちは、すれ違いざまに諦めの言葉を掛けてきてはツァイオンの方へ引き返して行った。

サンド・ドラゴンとの距離が縮まり、改めてその巨体を見上げる。ツァイオンの五階建宿舎と同じくらいの大きさだ。

「グォオオ……」

地響きのような唸《うな》り声。一歩一歩が砂漠を揺らしているようだ。

「アルタイル……大丈夫ですよね？」

「はい……ですが、お時間を頂くと申し上げました」

時間はかかるけど倒せる、撃退できるってことでいいんですよね……？

アルタイルを信じないわけではないが、嫌な汗が背中を伝った。

「それにしても『ハイド』とかいう三人組はまだか？」

クシャトリアが不満気に辺りを見回す。

「そう言えば見ませんね……」

私も釣られて周囲を見渡す。

フードを目深に被ったマントの三人組……。

周りには砂が一面に広がっているだけ。三人組なんていない。

「……？」

と、その時、耳鳴りのような音が聞こえた。

キィイイイ……。

「なんだ、この音……」

私だけではないようで、クシャトリアとアルタイルも耳を押さえている。

音は次第に近くなり、上空から聞こえるとわかった頃には、頭上から小さな影が落下して迫って来ていた。

ズンッ！

「ギャォオオオ！」

それが人影だと気付いた頃には、それらは目の前のサンド・ドラゴンの体を貫いているではないか。

あの岩のように硬い背甲を……！

サンド・ドラゴンは大きく巨体を揺らし、怯《ひる》んでいる。

サンド・ドラゴンを貫いたのは、二人組で、フードを目深に……って、あれが『ハイド』と呼ばれる冒険者パーティ……？

三人組だったはずでは……。

二人組は、サンド・ドラゴンの背中から腹にかけてを貫き、腹の下からさっと離れると、それと同時にサンド・ドラゴンの貫かれた風穴から血が噴き出す。

「あれをくらってまだ動くのか」

クシャトリアは全く動じた様子を見せずに、感心したように言う。

サンド・ドラゴンはさらに前進し、急ぐようにツァイオンへ向けて動き出していた。しかもその速度は先ほどの比ではなく、突進しているような速度だった。

『ハイド』らしき二人組は焦る様子もなく、二手に分かれて駆け出した。

二人のうち一人が、どこからともなく鎖鎌《くさりがま》を手に握り、サンド・ドラゴンに肉薄する。鎖鎌は淡く青白い光を放っていた。そして瞬く間に鎖鎌をサンド・ドラゴンの尾に、事もなげに突き刺した。

あの硬い体に……。

「ギャオ……ッ！」

サンド・ドラゴンは短く悲鳴を上げるも、ツァイオンへ向かう足は止めない。なんだか死に急いでいるようにも見える。

が、しかし『ハイド』の二人も早かった。鎖鎌を尻尾に突き刺した一人が、鎖鎌の鎖を引っ張り、サンド・ドラゴンの歩みを止める。

あの巨体を……、なんて怪力と鎖の強度……！

その隙に、もう一人がサンド・ドラゴンにさっと追いつく。不思議なことに追いつくまでの軌跡を描くように足跡が凍っていた。

砂漠の温度を無視するかのように、足跡が凍り、さらにその者がサンド・ドラゴンの尻尾に突き刺さった鎌部分に触れると、そこからはすぐに決着がついた。

ガギィ……ィン……ッ！

あろうことか、サンド・ドラゴンを内側から氷の刃が貫いたのだ。

「グ……ォォオオ……」

サンド・ドラゴンはあっという間に絶命する。

尻尾に突き刺さった鎌部分は、よく見ると薄氷に覆われており、鎖鎌を持った方が、乱暴に鎌を引っ張ると、トカゲのように尻尾がポロリと取れ、そのまま引っ張り続けると、尻尾に繋《つな》がったサンド・ドラゴンの脊髄ごと引っこ抜けた。

脊髄は氷漬けになっている。

サンド・ドラゴンの尻尾の傷口から冷気を流し込み、内側から凍らせたのだ……！

なんという大胆な動き、そしてなんと強力な魔法か。

氷漬けになったサンド・ドラゴンの脊髄は、間もなくボロボロと崩れ落ち、『ハイド』はサンド・ドラゴンを内側から凍てつかせて倒したのだとわかった。

『ハイド』の二人は、氷や砂を払い落として一息つくと、こちらに歩いて来る。

想定外の戦闘力。

サンド・ドラゴンの撃退ではなく、サンド・ドラゴンを倒してしまったのだ。

ギルドの要請以上の働きである。

それと同時に、その強大過ぎる力は畏怖の対象にもなり得た。

アルタイルにも撃退に時間がかかると言わしめたサンド・ドラゴン。二人がかりと言えど、そのサンド・ドラゴンをあっという間に倒した……。

Aランク冒険者どころの話ではない。強過ぎる……。

が、こちらに向かって来る『ハイド』のうち一人がマントのフードを取ると。

「あっ……！」

見知った顔も見知った顔。

「ネブリーナ……？　久しぶりね」

砂漠の暑さも忘れさせるほどの白く透き通るような肌。太陽光をキラキラと反射する長い銀髪。そして忘れることなどできようか、特徴的な平坦で抑揚のない無感情な話し方と無表情。

「ミレディ……！」

私は思わず走り出して彼女に抱きついた。

「わっ」

私の唐突な抱擁《ほうよう》に、棒読みの感嘆を見せるも、ちゃんと抱き返してくれた。

「後ろの二人はクシャトリアとアルタイル？　懐かしいなあ……」

名家フォンタリウス家の長女として生まれたミレディは、治癒魔法のエキスパートであったため、その腕を解放軍に狙われるも、アスラと共にそれを退け、『第二夜』以降は聖女となり治癒魔法を王国民のために役立てていた。その期間、およそ二年間は王城で共に過ごした仲である。解放軍が壊滅した後は聖女の職を辞して、アスラと旅をしていたはず。

彼女こそが、探し求めていた人物である。

となれば、ミレディの隣の人物はアスラであるはず。

ちょうど、ミレディの隣でフードを取るところである。

青いベレー帽に、水色の髪。白い肌で私より少し年下と思われる女の子……。

「って、アスラじゃない……？」

「ミレディ、どなたですか、彼女たちは？」

まだ幼い少女の声。アスラであるはずがない。

「えっと、彼女はネブリーナ。ほら、前に話したでしょ？　私が王城にいた頃、お世話になっていた人だよ」

「も、申し遅れました。ネブリーナ＝エアスリルと申します」

「エアスリル王国のお姫様ですか。初めまして。ミレディの契約精霊のコーラスと申します」

「精霊……様、ですか？」

人の形をとる精霊は高位であることが多い。しかしコーラスとは……聞いたことがない。国家級精霊？　もしかするとアルタイルと同じ王級かも……。

「はい、水の神級精霊です」

「し、ししし、神級ですって!?」

驚いた……。

王級精霊であるアルタイルのさらに高位の神級精霊と言うではないか。

「うん……半年前かな。ロック山脈の頂上で出会って契約したの」

ロック山脈……？

山麓都市ツァイオンの更に北側にある険しい山々だったはず。

「なぜロック山脈の頂上に……？」

「話せば長くなるけど……アスラが病気になって……神級精霊の力でしか治せないって聞いたものだから……」

「それで契約を……」

どうやらミレディは王城を出た後も大変な思いをしていたようだ。

つもる話もあるに違いない。

「で、アスラの病気というのは治ったのですか？」

と、尋ねたところで。

「治ったよ」

アスラの声がした。

「？」

辺りを見回しても、ミレディとコーラス以外に人影はないのに……。

「ここだよここ」

と、アスラの声と同時に、コーラスのマントの下の鎧《よろい》が青白い粒子となり、コーラスから離れると人型を模《かたど》った。やがて粒子の塊が青白い発光を止めると、そこにはアスラがいた。

「アスラ……っ！」

もう何が何やらわからない。

ミレディは神級精霊と契約したと言うし、アスラが精霊化して鎧になれることは知っていたけど、まさか精霊が身に付ける鎧になっていただなんて……。

黒い髪と瞳。軽薄な笑みや仕草。彼だ。彼こそが、アスラ＝トワイライト。

生まれてすぐにフォンタリウス家の屋敷に母親と共に引き取られ、ミレディと出会うも、母親の死をきっかけに屋敷を追い出されたアスラ。

アスラ、ミレディの二人に、神級精霊のコーラスを加えた三人が『ハイド』だと合点がいった。

二人組に見えていたのは、アスラが精霊化してコーラスの鎧《よろい》に化けていたからだ。

「久しぶり、ネブリーナ……て言っても浮かない顔だな。わざわざここまで来たこともそうだけど、何かあったの?」

ミレディと解放軍、その両者と何度も運命を交えるが、やっとの思いでミレディと一緒になれた彼を、再び戦地に誘い出さなければならない。

表情も曇るというものだ。

「実は……折りいって二人に、いえ、三人にお話したいことがあります」

しかし、これは王国、延いては世界の危機。

王国の王族の一人として、引き下がるわけにはいかないのだ。

82話　計画段階

〈アスラ〉

半年前、エルフの里からツァイオンに戻った俺とミレディ、そしてコーラスは、部屋を借りることにした。

部屋を借りるなんて前世を除けば初めてだし、出費が嵩《かさ》んだが、ミレディの貯金のおかげで手続きも費用も何とかなった。

とうとう俺がヒモとしてデビューをした瞬間でもある。早く稼いでミレディに返さないと。

商業区の一角にある共同住宅を拠点にして、魔大陸を旅するための準備を始めた。俺とミレディの役割は主に資金集め。まともな仕事をしたことのない俺は、冒険者という職しか提案することができなかったが、ミレディはそれに了承した。

いよいよ四六時中、二人組で動くようになり、当然、仕事仲間として同居人として、時には恋人として仲は深まる。

たびたびコーラスには、ロマンチックだの、情熱的だのと冷やかされはしたが、ミレディとの距離が縮まることに嫌な気はしなかったし、時間もかからなかった。

継続的に冒険者の仕事をするのは初めてで、不安はあった。しかしミレディと神級精霊のコーラスがいるおかげで、魔物関連の仕事は難なくとは言わないが、続いている。

なにより、冒険者の仕事は、難易度の高い依頼を受ければ報酬が期待できる。そういった仕事を半年も続けていると、ひと財産築くのも夢ではないと思えた。

もっとも二人の協力があってこそだ。俺一人では資金集めの計画段階でつまずいていただろうし……。

前世通算で俺の人生経験はミレディより豊富なはずなのに、俺が精霊になって記憶がなく年をとっていない期間があったせいで、この世界においての年齢はミレディより下だと認識されている。おかげでミレディは俺を子供扱いするし、うんと甘やかすものだから、俺自身、どんどんダメになっている自覚がある。

冒険者の仕事で生計を立てて、魔大陸に渡る資金にしようと提案したのは俺だが、住むところを探し、どういった依頼を受けるのか決めているのはミレディだった。

「せ、聖女ミレディ様と英雄のアスラ＝トワイライト!?」

ツァイオンの冒険者ギルドで初めて依頼を受けた時は、例によって受付嬢に個室へ通してもらった。

王都でミレディに冒険者登録をしてもらった時、受付嬢のニコが驚きと再会の喜びで泣き叫んでいたことを鑑みてのことだ。

「ちょ、ちょ、ちょぉ！　静かにって言ったじゃんッ！」

「アスラもうるさいよ……」

「あ、ごめ……」

依頼を受ける時は必ずギルドカードの提示が必要になる。従って俺たちの正体が知られるのは必至。いずれ正体を知られるのなら、と今回は王族手形を使わなかった。

と言うか、なぜミレディは敬称で、俺は呼び捨てなのだろう……功績的には肩を並べると自負しているのに。

「ミレディ様が聖女の職を辞したというのは新聞で読みましたが……アスラ＝トワイライトが生きているだなんて……」

「個人情報なんだから内密に頼むよ？　周りに知れたら大混乱だよ？　ギルドって大きな組織なんでしょ？　情報の取り扱いとかプロでしょ？」

「は、はい……それはもちろん……しかしそうしますと、お二人の仮称が必要になります。何かお二人を指すパーティ名を決めて頂ければ……」

「顔を隠してるから……『覆面』でどう？」

「アスラ……それは怪しいよ……顔を隠したい意図が周りにバレちゃうし」

「確かに……あったまいいなぁ」

「もぉ、ちゃんと考えて」

受付嬢のその時の苦笑いは今でも覚えている。

わかるぞ、アスラ＝トワイライトって意外と頼りないなって思ってるんだろう。

「あ、あの……恐れながら……身分を隠したいのは嘘ではありませんし、『ハイド』はいかがでしょう？」

「はい……ギルド側がそれでいいなら……」

と、結局は受付嬢の命名と、ミレディの承認で決まった。

コーラスは精霊ではあるけど人型だし、俺たちも「もう人じゃん」と認識しているため彼女も頭数に入れ、『ハイド』は三人組の冒険者パーティとして登録された。

これはエルフの里からツァイオンに出た翌日のことである。

その日のうちにツァイオンの商業区で空き部屋を探し、賃貸の手続きを完了。

俺たちは必ず三日に一度は依頼を受けることに決めて、家賃や食費等の生活費を稼ぎつつ、旅のための貯蓄をすることにした。

「アスラ……どうして三日に一度なのですか？」

ふとした時、コーラスに尋ねられたことがある。

前世で聞いた話によると、精霊……もとい、政令市の消防署の多くは、三日に一回勤務の交代制勤務を敷いているらしく、俺はそれに則ったまでだ。

「俺の性格上、必ず面倒だと言い出す時が来る。ある程度の強制力がいるんだ」

「アスラって……戦うと強いのに何だか情けないですね」

「わかってるよ。言われなくても」

だからそういう返事をしちゃうところが情けないんだって……コーラスはそう言いたげな顔をしていた。

まあ……俺の情けない下りはどうでもいい。

冒険者は最低の『F』というランクから始まり、ランクに応じた難易度と報酬の依頼が受けられる。

ミレディは冒険者登録したばかりであるため最低ランクからのスタートだ。まずはミレディのランクを上げることから手を付けた。目標は、俺がいなくても高難度、高額報酬の依頼が受けられるようになることだ。

最初は街のゴミ拾いや清掃から始めた。

元聖女のミレディに街のゴミ拾いをさせることにギルドは抵抗があったようだが、仕事として割り切って街の清掃に徹した。

「冒険者ってこんなこともするんだね」

ミレディがゴミを拾って集めている時、感心したように言った。

「魔物と戦うことだけだと思ってた？」

「うん……」

「時間はあるさ。ゆっくりやろう」

正直、魔物がいつ攻め込んで来るかわからない。時間があるとは言い切れない状況である。

だけど焦って準備をしても仕方がない。

着実に準備を進めることが、先を急ぐことよりも大事なはずだ。

しかし、ミレディは俺の強がりを知ってか知らずか、すぐにランクを上げた。ちんたらと楽だけど低賃金で無味乾燥な依頼をしていたのは最初だけ。そのうちランクの枠を超えない範囲で高難度の依頼を受け続け、成功を重ねていき、気が付けば俺と同じAランクに到達していた。

初めて魔物相手の依頼を受けたのは、ロック山脈周辺で増殖したゴブリンの群れの退治。

この依頼成功によりEランクへと昇格した。

ツァイオンで暮らすようになって間もなくのことである。今でも忘れもしない。あの瞬間はミレディが絶対強者であった。

「人間のオンナダァ！」「コロセェ！」「バラバラニシテヤル！」

ロック山脈の麓《ふもと》にある森に巣を作り、住み着いていたゴブリンたち。

その子鬼どもは、ミレディを見るや否やわらわらと集まって来た。

いつ見ても醜悪なツラだったが、それは一瞬にして凍り付いた。

ガキン……。

本当に瞬く間の出来事だった。

ゴブリンの下卑《げび》た鳴き声も、木々のざわめきも、小鳥のさえずりでさえも、静寂に変わった。

森の一切合切が厚い氷に覆われているではないか。

「これが極致魔法……？」

ミレディは、霊基《れいき》武器になったコーラスを使った。

コーラスの霊基武器は『指輪』の形をしていた。

ミレディの人差し指にはめられた指輪。青白く光る霊気の指輪である。心ばかりの装飾として青い小さな石が付いていた。

神級精霊と精霊契約をした契約者は、漏れなく契約精霊の属性に応じた極致魔法を使うことができる。

ミレディの場合は水属性魔法の極致魔法だ。元々ミレディが水属性魔法使いだったため、相性も良い。

彼女が指輪をはめた人差し指でさした地点を中心に、猛烈な冷気が広がり、一瞬にして周囲を凍てつかせた。

「す、すすす、すごいなミレディ……」

同行していた俺は、ミレディの魔法の効果範囲にギリギリ入ってしまっていたようで、凍えそうになっていた。寒さで歯がガチガチと鳴っている。

まともに効果範囲内にいたら、あっという間に凍死していただろう。俺は氷漬けにされたゴブリンを見ながら背筋を凍らせた。

「ごめんね、アスラ……」

「いいや、俺が勝手に近づいちゃっただけだから」

少しでも魔法の効果範囲に入っていただけで、足元が氷で地面に固定され、薄氷が俺の全身を覆っていた。

ミレディが俺を抱きしめて温めてくれる。

こういうのを役得というのだろうか。

「あったかい……」

「……」

いつもはロマンチックだ何だとやかましいコーラスが指輪になって静かなのをいいことに、少しだけその場でミレディとイチャついたのを覚えている。

その後は、巨大な鬼の風体のオーガから巨大な翼竜であるワイバーンまで倒し、ミレディは冒険者としての地位を高めていった。

オーガの時、ミレディは指輪の霊基武器《れいき》になったコーラスを指にはめて、その手の拳をオーガに打ち付けた。指輪がオーガに触れた瞬間、極致魔法の効果でオーガは氷の塊となり、拳を打ち付けた衝撃で氷と化したオーガを砕いて倒したのだ。

ワイバーンの時はもっと簡単だった。ワイバーンの両翼を凍らせて宙で動けなくして地面に落としたところを氷漬けにしたのだ。

普段は馬鹿なことを言っている神級精霊コーラスだが、さすが神級というだけはあり、霊基武器になった時の威力には舌を巻くばかりである。

俺はその様子を見ているだけで事は済んだ。

今やミレディとコーラスがいれば、ワイバーン相手でも手助けなど不要。自画自賛ではないが、精霊化を使いこなせるようになって俺自身、強くなった自覚はあった。しかしミレディの成長速度はそれを追い越す勢いである。

コーラスと契約したことで、彼女の水属性魔法は魔人や魔王が使う極致魔法へと昇華され、さらにミレディの元来持つ膨大な魔力量と、彼女の得意とする治癒魔法も持ち合わせるとなると、鬼に金棒どころではない、鬼に機関銃である。

いや、ミレディを鬼と形容するのは不適切か。セーラー服と機関銃くらいにしておこう
……いや、ミレディがヤクザの組長ってのは取り合わせが悪い。セーラーとムーンあたり

に……。（何の話だ）

と、とにかくだ。

ワイバーンなど手助けが不要どころか、片手で軽く捻《ひね》り倒してしまえるほどの力がある、ということだ。

「アスラ……怪我《けが》してない？」

「だ、大丈夫……」

「大変ですよ、ミレディ！」

「どうしたの？　コーラス」

「アスラが肘《ひじ》を擦りむいています！」

「たっ、大変……っ」

「いや大丈夫だって――――」

「――――じっとしてて」

「……はい」

ツァイオンで暮らし始めて半年も経つ頃には、英雄アスラ＝トワイライトがミレディに怪我の心配をされる始末だ。

と言うか、治癒の極致魔法の無駄遣いじゃないか、これ？　ワイバーンと戦ってんだぞ？　肘くらい擦りむくっての。

しかしミレディの圧に最近は気圧《けお》される日々が続いている。

ミレディは基本的に無表情だから迫力があるし、抑揚のない声は俺が間違っているのか、と錯覚させる冷静さがある。

過保護なんだよなぁ……。

コーラスはコーラスで、その過保護っぷりが愛だ何だと喜んでミレディのそれを助長するし。

ミレディは本当に強くなった。

俺の心配をするほどに、だ。

ワイバーンを倒すほどの難易度の依頼が簡単になった今、高額報酬の依頼はもはや朝飯前。

旅のための資金は概ね集まったと言える。

が、もう一つ大事なことがあった。

情報である。

魔大陸への行き方。海を渡るのなら、その航路の調査や船と船員の手配。

魔大陸へ渡ってからの旅の計画。

それら諸々の情報を集めて旅の計画を立てるのが、エルフの里にいるジュリアとヴィカだった。

彼女らはエルフの里の住人であるから、里を中心にして、定期的に周辺各地へ足を運び、色んな情報を集めてきては俺たちに共有し、計画を立ててくれる。

俺とミレディ、コーラスは活動班。

ジュリアとヴィカは情報班。

といった役割だった。

ジュリアとヴィカは新たな情報を仕入れるたびにツァイオンにいる俺とミレディを訪ねてくるし、俺とミレディ、コーラスが息抜きにエルフの里に行けば、旅の計画を話してくれた。

俺とミレディももちろん本気だが、彼女たちにはそれ以上のものを感じる。

彼女たちは準備が八割だと言う。

俺たちの旅は戦闘が続く。戦いに行くと言っても過言ではない。魔王を倒しに行くのだから。

しかし、ジュリアとヴィカは戦闘に加わらない。

魔大陸に同行するとの話だが、現地では彼女たちは戦力にならない。サポートに徹する。従って、魔大陸に渡ってしまえば、俺やミレディ、コーラスに守られることがわかっているのだ。

彼女たちは、現地での俺たちの労力が少しでも軽減するように情報を集め、計画を立ててくれている。

「アスラ様とミレディ様にだけ戦いをお任せするのが心苦しいんです……戦闘面ではお役に立てませんが、その他のサポートはお任せください」

「そうそう、二人に戦いは任せちゃうけど、それ以外は楽してね」

ヴィカとジュリアは、いつかそう言っていた。

「アスラとミレディと言っていますが……私も同行しますよ？」

「精霊様はほら……精霊だから疲れませんし」

「精霊って実在はしてるけど霊体なんでしょ？　体も汚れないって聞いたわ。大丈夫でしょ」

「……これだからエルフは嫌いなんです」

コーラスとの仲も随分と良くなった。

コーラスは過去にエルフの里の族長と一悶着《ひともんちゃく》あったらしく、エルフの里を毛嫌いしているが、この半年で随分と打ち解けていた……。

「はぁーあ、この里には、あっちもこっちもクソエルフばかり……ほんとにどうなってんでしょうね」

……のか？

コーラスがいつもの調子で悪態をついてふざけているだけ……そう思いたい……。

何はともあれ、俺とミレディ、そしてコーラスの活動班の資金集めは順調。ジュリアとヴィカの情報集めと旅の計画も大詰めである。

ネブリーナたちがツァイオンを訪れたのは、そんな時だった。

ツァイオンに戻り、俺とミレディ、コーラスの三人と、ネブリーナ、クシャトリア、アルタイルの三人を加えた六人で、サンド・ドラゴンの討伐を冒険者ギルドに報告した。

「アスラは抜け目がありませんね。サンド・ドラゴンを倒したからと言って依頼されてもいない仕事の報酬を受け取ろうなんて」

ギルドを後にしてからは、ネブリーナについて行った。なんでも街のはずれに騎士隊の宿舎があるのだとか。またでかい観光客用の宿舎を作ってると思ったら、騎士隊の宿舎だったとは。

市長のやつどういう目的で騎士隊の宿舎なんか……。

「いいだろ、別に。くれるって言うんだから」

「報酬は受け取らず、善意で倒したと言う方が心証が良いです」

「俺たちの目的は資金集め。いいんだよ、これで」

と、そこでネブリーナが話に加わる。

「資金集め？　王城を出る前に充分な金貨と王族手形を渡したのにですか？」

「実は俺たちさ、魔大陸に渡るための金を集めてんだよ」

「魔大陸に？　観光ではありませんよね」

「ああ。それに関係あることなんだけど、最近魔物が増えてるの知ってる？」

「もちろん。騎士隊の調査で年々魔物の出現件数が増えていることがわかっています」

「あれってさ、魔王の存在が関係あるっぽいんだよね」


「ぷぷっ！」


魔王。

その単語を聞いたところでネブリーナが吹き出した。

「嘘だと思ってんだろ？　魔王なんて。でも本当なんだぜ。コーラスが言ってた。それにエルフの里の族長も元魔王だったことがあるからわかるって……」

ネブリーナからすれば魔王だなんてお伽話《とぎばなし》の中だけの存在というのがこの世界の常識なんだろうけど、本当の話だ。

「ふふふ、ええ……信じますとも……ぷふふっ」

笑いを堪えながらネブリーナは話の続きを促す。

え？　こいつまじか？　俺のこと馬鹿にしてない？　ねぇ？　一国のお姫様だけどちょっと乱暴していい？

仮にも俺ってば三年前に王都守ってんだからね？　そんな俺が真面目に話してんだから、少しは危機感を覚えてくれないとさぁ……。

「……笑い過ぎじゃない？」

「いえ……いえ……ふふふっ、あまりにも事が上手く運んでいて……」

まだ笑ってやがる。

「はい？　もしもし？　話通じてる？」

バックトゥザフューチャーでビフ・タネンが人の頭をノックしながら「誰かいますか」って言う時、こういう気持ちだったのかと今になって思う。話通じてんのか？

「ふぅ……あぁ、面白かった」

「んだよ、人が真面目に話してんのに笑っちゃってさ」

「そう拗《す》ねないでください。からかっているわけではありませんよ。何を隠そう、我々も『魔王軍討伐』のために王都からここに来たのです」

「はぁ……？　んははは、何言ってんのさ！　そんなわけないじゃん、ぶははは、っ！」

「私もあなたを笑ったことを謝りますから、その耳障りな笑い方をやめなさい。真面目に話しているのに笑われるのってこんなにも腹立たしいんですね……笑われてようやくわかりました」

「え～、なにぃ～、聞こえなぁ～い」

「こっ……の、馬鹿にして……っ！」

ここぞとばかりに間抜け面をして見せる。

「アスラやめなよ……」

ミレディに止められる。

「えっ、先に笑ってきたのネブリーナちゃんの方だもん！」

「ガキかバカアスラ。今すぐその耳障りな喋《しゃべ》り方をやめろ」

「あ、はい……」

さらにクシャトリアにガチギレされて俺の肝はシュンとなる。

ほんとだもん。ネブリーナが笑ってきたんだもん。

「アスラ様、変わっていませんね……」

アルタイルが笑う。

「アスラは昔からこうなのですか？」

コーラスが俺を馬鹿にしたような口調で尋ねる。

「はい、アスラ様は昔から誠実でお強くて、でもお優しい愛すべきおバカです」

しみじみ言ってるけど、それ最終的に悪口で締めくくってるのわかって言ってるよね。

「バカアスラだ……」

「流行《はや》んないからねクシャトリア。そのバカアスラってお前しか言ってないからね」

「ふふ……」

鼻で笑いやがった。

もう俺を馬鹿にする手法が一緒に過ごしていた時のものとは、まるで別の次元だ。

「また人を馬鹿にしてぇ！　ばーか！　ばーか！　もうミレディとしか口きかねぇ！」

「ミレディ、なぜアスラはこんなに幼児退行を？」

「人族のお姫様、ミレディはアスラを甘やかし過ぎなんです。恋人同士になってからずっとですから」

「え……ついに付き合ったんですか？」

「やっとか」

「おめでとうございます、アスラ様。初彼女ですね」

ネブリーナへの返答ついでにコーラスがぽろっと漏らした。ネブリーナ、クシャトリアとアルタイルは三者三様の反応を示す。と言うか、最後に俺の恋愛歴をしれっと暴露したのはアルタイルか？

「今か今かと思っていましたが、恋が実ってよかったですね、ミレディ」

「あ、ありがとうございます……」

「王城にいる時からラブビーム全開でしたもんね」

「え、ええ？　そうだったの？　全然気が付かなかったよ」

「し、知らない……」

ミレディはそっぽを向いて口を閉ざした。

心当たりあるんだろ、この反応。ネブリーナとは女子同士、そういった浮いた話をしていたのだろうか。

ミレディの可愛らしい反応を眺めていると、間もなく騎士隊の宿舎が見えてきた。

宿舎に近づくにつれ、騎士隊員を見かけるようになる。

みんなネブリーナにひざまずいて敬礼をする。

「崩してくれと言っても聞いちゃくれません」

「お姫様も大変だなぁ」

「ね」

「私にお辞儀しないのは、もうこの王国にはあなたたち二人だけかもしれませんね」

ネブリーナは小さく笑いながら、宿舎へと招き入れる。

「総員、敬礼！」

宿舎に入った途端に、号令が聞こえてきた。

宿舎の一階は共同スペースになっていて、騎士隊員が談笑したり、剣を磨いたり、思い思いの過ごし方をしている空間のようだ。

しかし、王族であるネブリーナが入舎すると全員が立ち上がって、直立不動でネブリーナに注目している。

「はあ、もういいですよ、楽にしてください……ってアスラまで真似しないでください！」

「あっはは、みんなすごい統制とれてんのな」

「騎士隊に入って最初に教えられるのは礼節ですからね。基本のキです」

私の部屋は最上階です、とネブリーナは俺たちを案内する。

二階から四階は騎士隊員の個室が設けられている。

階段を上がり、部屋へ入れてもらうと、なるほどさすがは王族のお姫様の部屋。なかなかの広さだ。

「広いですね。この人数でも余裕で泊まれます」

コーラスの言う通りだ。一人一人が大きなベッドを持ち寄っても充分なスペースを確保できる。

「そうですね、この部屋は一人には広過ぎます。後で各自のベッドも用意させますので、それまではソファでゆっくりしてください」

「おお、悪いね……って、ええ？　ここに泊まるの？」

「はい。言ってませんでしたか？」

「初耳だよ。なんでここに騎士隊ごと移って来たのかは知らないけど、俺たちは別に部屋を借りてるからそこに帰るよ」

「それはさっき話しましたよ。これが我がエアスリル王国の魔王軍討伐のために集められた人員なのです」

「は……あれ冗談じゃなかったの？」

「ふふふ、では、アスラたちの魔王退治の計画も冗談なのでしょうね？」

私たちの計画が冗談というなら、あなたたちの計画も冗談、そういうことですよ、とネブリーナは笑う。

「ははは、まじかよ……？」

「ふふふ、まじです」

俺の乾いた笑いに、ネブリーナは茶目っ気いっぱいに答えた。

「私たちがここ山麓都市ツァイオンを魔王軍討伐の出発地点に選んだ理由は、ただ一つ。あなたたちに協力を要請するためです」

「へ？　俺たちを誘うためにここに来たってのを？」

ネブリーナは首肯する。

「でも……なぜ私たちがここにいると？」

「良い質問ですね、ミレディ。これに見覚えは？」

ネブリーナは懐から長財布大の黒い石を取り出した。

「王族手形じゃん。俺たちが王城を出る時にネブリーナがくれたやつ」

「はい、その通りですアスラ。では話が飛びますが、この王族手形を見せて通った場所、利用した施設は、そこの管理者や事業者が王城に王族手形を確認したという書類を提出することになっています。それは知っていましたか？」

「え、いや……知らなかったけど……って、そういうことかよ！　王族手形を俺たちに渡したのは、俺たちがどこにいるか追跡するためだったのかよ！」

「大正解ですアスラ」

つまり王族手形を使えば、使った場所で記録が残り、それがネブリーナのもとへ報告されるようになっているということだ。

「なーにが『友達だから受け取ってくれ』だ！　あの時の感動返せ！　ミレディ、そんなの捨てよう」

「え……でもこれ便利だし。持っておいた方がいいと思う……」

「そ、それもそうか……」

いくらネブリーナに追跡されるからと言って、どこでも王族レベルの身分が約束される手形は捨てるには勿体《もったい》なさ過ぎるか……。

俺は歯を噛《か》み締めながら、なんとか納得した。

「でもしばらくはその手形は必要ありません。私たちと一緒に魔大陸を目指しましょう」

急にネブリーナの声音が強くなった。

だから俺が魔大陸に行くと言った時、そして魔王が原因で魔物が増えていると言った時、ネブリーナは笑っていたのか。

俺に魔王軍討伐の協力を要請するつもりでツァイオンまで来てみれば、当の俺がもうすでに魔王を倒すために動いていたのだから。

渡りに船とはこのこと。

人は間違いなく多い方がいい。

「他にも協力者が二人いるんだ。ここに呼んでも？」

「ええ、是非呼んでください」

ネブリーナたちには少し待ってもらうことにした。

オーウェンに頼もう。ツァイオンで半年前に知り合った家族のうちの一人だ。彼が確か移動用の巨大昆虫、黄色テントウを飼っていたはず。

オーウェンの家を訪ねて黄色テントウを借りた。エルフの里へ飛んでもらい、ジュリアとヴィカの迎えをやった。

数十分後、宿舎の外に黄色テントウの羽ばたく音が聞こえてくる。

窓から外を見ると、黄色テントウが着陸したところだった。オーウェンとヴィカ、ジュリアが黄色テントウから降りていた。

「話があるから上がってきて！　一応オーウェンも！」

窓から顔を出し、三人を呼ぶ。

「アスラ様！　お久しぶりです！」

下から俺を見上げて笑顔で手を振るヴィカ。気軽に「よっ」と手を上げて宿舎に入るジュリア。そして何か言いたげなオーウェン。

続々と人が集まった。

「姫様、初めまして、ここツァイオンで料理人をしております、オーウェンと申します」

「ネブリーナ様、は、ははは、初めまして、ヴィカといいます……」

「ネブリーナ様、ジュリアと申します」

オーウェンはネブリーナの存在に驚きつつも畏《かしこ》まった様子で、ヴィカは俺に姫様がいるなら先に言っといてくださいよ、と不満をこぼしながら、ジュリアは慣れた様子で、それぞれ挨拶《あいさつ》をした。

「初めまして。ネブリーナ＝エアスリルと申します。話はアスラから伺っています。どうぞ楽になさってください」

ネブリーナは、自分が王族であることを鼻に掛けない。

王族という身分をひけらかすことなく、相手を敬う気持ちを大切にしようと自分を戒めているのだとか。

ヴィカやジュリアが手近なソファに腰を落ち着かせる中、オーウェンだけが焦ったように俺に駆け寄って来た。

「クロさん、ひどいじゃないか、君がアスラ＝トワイライトだったなんて……っ！」

「あ、そうか……言ってなかったね」

オーウェンたち家族には、俺とミレディは偽名を使っていた。

オーウェンたちも偽名で納得してくれていて、この半年を同じツァイオンの街で暮らしてきた。

オーウェンがなぜ俺の正体を知ったのかというと、原因はただ一つ。

オーウェンにヴィカとジュリアを迎えにエルフの里に行ってもらった時に、俺の正体についてオーウェンとヴィカたちの間で齟齬《そご》が発生したのだ。

ヴィカとジュリアがアスラ＝トワイライトと呼ぶ人物が、どうやらクロさんのようだ、と。

オーウェンは道中、相当な衝撃を受けていたはず。

そのため、さっきからもの言いたげな目をしていたのだ。

「改めまして、アスラといいます。こっちのギンさんはミレディ」

「え……えええーッ！　そんなにさらっと⁉　ギンさんが、聖女ミレディ＝フォンタリウス……？　ってことはちょっと待てよ……僕はとんでもない人たちと仲良くさせてもらってたんじゃ……？」

オーウェンのオーバーリアクションに、一同が笑い、場が和む。

「あ、アスラさんは……」

「アスラでいいよ」

「あ、あす、アスラ君は……でも、死んだって聞いたけど……」

「ああー……、えっと、話すと長くなるんだけど、俺ってほら、精霊化できるようになって奇跡的に生きていたというか……」

説明が長くなるのと、今回の本題からまた脱線しそうだったので、話をはぐらかす。

「た、大変だったんだね……」

こちらの意図を汲《く》み取ってくれたのか、それ以上の追及をオーウェンはしなかったが、うちに英雄アスラと聖女ミレディが泊まった、と反芻《はんすう》しながら頭を抱えて必死に落ち着こうとする姿は、再び場の笑いを誘った。

「ふふふ、面白い方……さて、これで全員でしょうか、アスラ？」

オーウェンを目で追いながらくすくすと笑うネブリーナ。

まだ笑みを残しながらも、一度仕切り直す。

「ああ、全員だ。ミレディ、コーラスと俺の三人がギルドで旅の資金集め。ヴィカとジュリアが旅先の計画や情報集め。それぞれ半年間動いていたんだ」

「そうでしたか。ですが、どうして王城に報告しなかったのですか？」

「ああ、それも考えたんだけど、少数精鋭で動こうと思っていたんだ。ヴィカたちの情報や状況によっては、もちろんネブリーナに報告する段取りもあったよ」

「王国や騎士隊を頼らなかった特別な理由はなさそうですね。安心しました、これで共に動けますね」

　ネブリーナの話に、ジュリアが驚く。

「アスラがお姫様を呼んだわけじゃないのね？　じゃあ騎士隊の方でも魔王を倒すために動き始めていたってこと？」

「はい、ジュリアさん。騎士隊は人数が多い分、進行に時間がかかりましたが、人数が多いからこそできることもあります」

「いいじゃない。ここからは大所帯になるわね。こちらの手持ちの情報を教えるから、擦り合わせをさせてくれるかしら？」

「もちろんです。そのためにここに集まって頂いたのですから」

「え、そうだったの？」

「言ってませんでしたか？」

俺の軽い驚愕《きょうがく》にネブリーナがとぼける。

それにミレディは無表情で首を横に振った。

情報の共有は早速行われた。

まずはジュリアとヴィカが集めた情報と、元々こちらが保有していた情報から話し始める。

しかし最も言っておかなければならないことがあった。

それは俺にとってはあまり話したくない内容だったが、ジュリアは敢えて話した。

それは魔王の正体だ。

ジュリアの兄であり、俺の剣の師でもあった。

レオナルド……。

レオナルドとジュリアは魔人と人間の間に生まれた。

魔人と人間の間に生まれた者は、成長とともに身体に魔人化の特徴が見られ、ジュリアは耳が尖《とが》るだけというエルフ型の些細《ささい》な魔人化だったが、レオナルドはジュリアと対照的に、体に大きく魔人化の影響が出たとジュリアは言っていた。

体は魔人のそれとなり、魔人特有の極致魔法まで使えるようになっている可能性があるという。

さらに良くないことに、というかこれが最悪だ。

魔王は、その座が空席になると、速やかに次の魔王が抽選されるらしい。

抽選の対象は、魔人。

これは前魔王であるエルフの里の族長、ガルダの話である。

いったい何によって選ばれるのかはわからない。この世界がそれを求めているとしか思えない事象だ。しかし、自分が魔王に選ばれてしまえば、突如、自分が魔王であることを自覚するのだという。

そして、魔人化により魔人に限りなく近づいたレオナルドは、見事、魔王に選ばれてしまった。

えらいこっちゃでは済まない。

さらに魔王に選ばれた恩恵として、世界の魔物を操る力を得るというのがガルダの話だが、それは本来魔人が保有する魔力による操作なのだとか。

そしてこれも悪いニュース。魔物は元来、凶暴な生き物だ。人を襲う本能らしきものがある。

魔王が魔物の凶暴性を制御しようと操らない限り、魔王の誕生により魔物は凶暴化するのだという。

現に、昨今の魔物は増殖し、凶暴化している。

つまり現魔王、レオナルドは魔物を制御しようとはしていない。もしくは、魔物を制御するだけの魔力がないのだ。

もちろん、ジュリアを含め、俺たちはレオナルドの性格上、後者が魔物の増殖と凶暴化の原因だと考えている。

今の魔王は魔人化で魔人になったばかり。それまでは魔法も使えないただの冒険者だった。魔王になったからと言って、魔物が凶暴化するように働きかけたりしない。元来、レオナルドとは、そんな恐ろしいことをする度胸すらない臆病な野郎なのだ。

ここまでジュリアが説明したところであるが、気付けば場の雰囲気は固まっていた。

さっきまでのオーウェンの盛り上げが無駄になった。

「えげつない話だな……」

口火を切ったのはクシャトリアだ。

こいつの空気の読めなさはこういう時に助かる。

「そのレオナルドってやつは魔大陸にいるんだろう？」

「ああ」

「そうか。ならそのレオナルドというやつはアスラに任せるとして、魔大陸までは私たちが行く航路に従ってもらうことになる」

「航路？　クシャトリア、お前航路なんて持ってたのか？」

「バカアスラ。国が持っているんだ。それに、この魔王軍討伐はエアスリルだけじゃない。隣国のレシデンシア、さらにビブリオテーカの三王国からなる『三王国軍』として魔大陸に向かう」

「まじかよ……知ってた？　ジュリア」

ジュリアは事の大きさに口をつぐんだが、首だけはしっかりと横に振る。

「まじですよ、アスラ。それぞれの王国が神級精霊とその契約者を筆頭にして、騎士隊を編制しています。あなたたちが加勢してくれなければ、エアスリルだけが神級精霊とその契約者が不在のままという何とも格好のつかない仕上がりになるところでした」

「その話からすると、他にも神級精霊が？」

「ええ。隣国のレシデンシア王国には、暗黒属性の神級精霊『ドミナート』。レシデンシアを挟んだビブリオテーカ王国には、土属性の神級精霊『テラ』が」

コーラスに目配せをすると、いかにも興味がなかったという顔で首を横に振る。

しかし、俺たちの加入でネブリーナのメンツも保たれるってわけか。

ネブリーナたち騎士隊側からすれば、本当に渡りに船の話だな……。

「魔大陸で他の王国騎士隊と合流します。私たちはまずは、新大陸『イングレータ』を目指します。そこに魔大陸への入り口があることまでは、こちらでも情報を掴《つか》んでいます。

しかし……」

「しかし……？　なんです？」

ネブリーナの言い淀みに、コーラスが反応した。

「しかし、イングレータは我々の入国を許可してくれたものの、魔王軍討伐には非協力的でした。イングレータに入ってからどう動くかは、現地での情報収集を行ってからになります」

新大陸イングレータ。

イングレータは、解放軍による王都侵攻『第二夜』の後、クシャトリア、アルタイルで構成されるエアスリルの王宮近衛隊が率いる騎士隊が発見した新大陸だ。大陸全土がイングレータという王国になっており、友好的な外交ができる関係のようだが、発見して間もない大陸であるため、いかんせん情報不足のようだ。ジュリアたちが持っている情報も少なかったみたいだし……。

「さらに言うと、イングレータは魔大陸への進軍を良く思っていないようです」

「ダメじゃん。非協力的どころか、それイングレータって国とぶつかっちゃわない？」

「ぶつかっちゃわなくもない……と予想されるのが現状です」

「えぇ……ダメじゃん……」

「はい……もっとも、イングレータは内政、外交とも国王が全ての窓口になっているようで、相手側の国王にさえ賛同してもらえれば何とか……」

最後は口調が尻すぼみになりながら説明するネブリーナ。

「割と危ない橋じゃないか」

と、そこに新大陸イングレータを発見した第一人者でもあるクシャトリアが水を差した。

クシャトリアときたら、この張り詰めた空気の中、一人だけ出窓に腰掛け果物を食べていやがる。

相変わらずの傍若無人《ぼうじゃくぶじん》ぶり。クシャトリア節である。

「一つ付け足しだ。私とアルタイルはイングレータを発見した時、火属性の神級精霊『レクトル』と接触したと報告した」

「実際に目で見たのでしょうか？」

コーラスが質問する。同じ神級精霊として思うところでもあるのだろうか。

「ああ見たよ。すでに契約者もいた。その契約者が国王の『ブラッドベリー』だ。若い男だったよ。元々力があったのか、神級精霊との契約で力を得たのか、とにかく武勲で王座を勝ち取ったようなやつだ。ネブリーナの言う通り重要人物に違いはない」

私は好きになれない人種だがな、と嫌味を吐いてクシャトリアは説明を終えた。

さらに付け加えたのが、ジュリアだった。

「あの……すごく言いにくいんだけど、少ないながらもそのブラッドベリーについての情報が手元にあるんだけど……」

普段快活なジュリアにしては、珍しく歯切れが悪かった。

「なんでしょう、ジュリア様？」

アルタイルが前髪を揺らして先を急《せ》かす。

ますます言いにくそうにしながらも、ジュリアは続けた。

「そのブラッドベリーって国王だけど、クシャトリアの言う通り武力で国王になって、さらに神級精霊と契約しちゃったものだから、力で対等な相手がいなくて、戦いに飢えてるみたい……かなり好戦的になってるんだってさ……ははは……」

「ははは、じゃねぇよ。最悪な情報の組み合わせだよ」

思わずツッコんでしまった。いや、ツッコまずにはいられなかった。

「それは確かな筋の情報なのでしょうか……？　疑っているわけではないのですが……」

「はい、ネブリーナ様。ブラッドベリーとお見合いをしたという貴族の娘からの情報です」

「わかりました。ジュリアさんの話も加えて要約すると、イングレータ王国は何らかの事情から『三王国軍』の魔大陸進行を否定的に考えており、唯一の窓口である国王ブラッドベリーは脳筋の戦闘狂……最悪の場合、ブラッドベリーが腕試しをしたいというだけの理由で戦闘に発展する可能性も考えられます……」

三王国軍がイングレータに上陸する許可はあらかじめ取っているらしいから、ブラッドベリーは話の通じないヤツではなさそうだ。

しかし、それも『三王国それぞれが神級精霊とその契約者を主戦力に』という話を聞いて、腕試しの戦闘したさに招いただけの可能性もある。その上、『魔大陸への進軍は嫌だ、どうしてもというなら俺と戦え』とブラッドベリーが言い出してみろ、完全にそいつの望むシナリオじゃないか。

冗談じゃない。

もしそうなったらレシデンシアかビブリオテーカの神級精霊使いさんにバトってもらおう。

「まあ、今、未来で起こるかもしれないことばかり気にしていても仕方ない。目標も道筋も見えているんだ。行動は早いに越したことはない」

「アスラにしては良いことを言いますね」

「一言余計なんだよな、コーラス」

「精一杯の誉め言葉です」

「それで精一杯？　もっと伸びしろあるよ、諦めるなよ」

「水の神級精霊、そいつを褒めようが貶《けな》そうが結果は同じだ。バカアスラは全自動でつけ上がる」

「クシャトリアまで……ほんとは俺と喋《しゃべ》りたいだけなんだろ？　久しぶりに、な？」

「さて、先の長い旅だ。私は準備に取り掛かる。アルタイル、いくぞ」

「はい。では……アスラ様、また後ほど」

「あ、アルタイルまで……」

これで作戦会議は終わり、とばかりにネブリーナの部屋を去るクシャトリアとアルタイルを皮切りに、ジュリアとヴィカも旅の準備をし始めた。

「お、オーウェンはどうする？」

「アスラ、民間人を巻き込まないでください」

「いでで っ」

オーウェンも旅に誘おうかと思ったらネブリーナに耳を捻《ひね》り上げられた。

「オーウェンさん、急に話に巻き込んでしまい、すみませんでした」

「あはは、妻と娘に良い土産話ができそうです。クロ……アスラ君にミレディさん、旅から戻ったら是非うちに」

「……」

「あ、はーい。リンナとマナによろしくーっていでで っ、いつまで耳引っ張ってんだこら！」

ミレディは無言で首肯し、俺はネブリーナに耳を捻り上げられながら、オーウェンを見送る。

蜘蛛《くも》の子を散らすようにネブリーナの部屋から人が出て行き、さっきまで賑《にぎ》やかだった部屋は寂しく感じられた。

ま、賑やかって言っても話題は深刻なものだったんだけど。

ようやくネブリーナの耳捻りから解放されたところで、ネブリーナが話を続けた。

「さて、今後の予定ですが、ここで我々の準備が整い次第、都市ウィラメッカスへ移動し、ウィラメッカスの漁港を借りて船を停泊させて、荷物の搬入を行います。ウィラメッカスの漁港を出るまで今から一週間と数日の予備日を見込んでいます」

「割と余裕のある旅程なんだな」

「はい、というのも、アスラにお願いがありまして」

「お願い？」

一国のお姫様からのお願い……。

お菓子買って来て、とかチンケな頼み事では済まないんだろうな。

「はい、あなたはこれまで様々な場所で活躍してきたはずです。王都はもちろん、ダンジョンにいたこともあると聞きました」

「お、お、よせよ。ほ、褒めても何も出ないぞ」

そうだ、褒めても何も出ない。出ても俺の気持ちの悪い笑みくらいだ。

「そうではありません。つまり各地にあなたの仲間がいるはずです。神級精霊のあなたの仲間となれば、お強い方々であると容易に想像がつきます……違いますか？」

俺の仲間……？

王都には……確かギルドにSランク冒険者のコールソンとそのパーティメンバーがいた……。

確かコールソンの恋人でもあるマリーに、マリーの兄貴のゴルドーとルバーシ。これで四人。

昔、クシャトリアと契約したダンジョンで協力関係にあった仲間だ。

そのダンジョン繋《つな》がりで言うと、ウィラメッカスの魔法学園に神聖魔法を適正魔法に持つセレスティアのセラ、暗黒魔法を適正魔法に持つヘルスティアのネビキスがいる。それにミレディの兄貴のノクトア、ルームメイトだったオカマ野郎……もといロジェもいる。

それからそれから……。

魔法学園のクラスマッチで対戦してから仲の良いイヴァンやジムもだ。

ざっと頭で考えただけでも、十人はいる。

みんな相当な手練れだ。

「うん、みんな贔屓目《ひいきめ》なしに強いと思う」

「声を掛けられる方はいますか？　戦闘に加わることのできる人数は多いに越したことがないのです。命の保証がない旅なので、もちろんそのことを念頭に置いてのお願いです。断ってくれて当たり前なのですが……声を掛けてみるだけでも……ダメでしょうか？」

遠慮気味に尋ねるネブリーナ。

もっとひどく困難な頼み事をされるのかと思えば、旅の頭数集めか。

「やれるだけやってみるよ」

期待を持たせ過ぎても悪い。

俺はあいまいな返事だけしておいた。

83話　集結

〈ツァイオン〉

騎士隊宿舎のネブリーナの部屋で話した日から四日が経った。

ミレディと俺はツァイオンでお世話になったオーウェンの妻のリンナ、子供のマナに街をしばらく離れることを伝えてから、騎士隊やネブリーナたちより一足先に街を出ることにした。

重馬のフォルマッジを連れて、ミレディ、コーラス、俺の三人で列車で王都に向かったのだ。

王都ですることは一つ。

魔王軍討伐のメンバー募集だ。

しかし、募集と言っても名指しで人を集めるだけ。

ミレディと俺はマントとフードで身を隠し、王都に戻り、王都の冒険者ギルドに依頼を出すことにした。

「アスラ様も行かれるんですね……」

依頼の提出を受け付けてくれたのは、長年世話になっている受付嬢のニコ。

ニコは俺が解放軍による王都侵攻で命を落としていないと知っている数少ない一般人の一人だ。

俺が魔大陸に行くことを説明すると、ひどく不安そうな顔をした。

「今回はミレディも契約精霊もいる。大丈夫さ」

ニコが冒険者ギルドに掲示してくれた依頼は、魔王軍討伐のメンバー募集の依頼。

しかし人員募集の参加条件が極めて限定的……だった。

これだけ情報を撒《ま》いときゃ大丈夫でしょ。

ニコに挨拶《あいさつ》をして、俺たちはその足で都市ウィラメッカスへ出発した。

ウィラメッカスに着いたのは騎士隊たちが到着する三日前だった。

列車による移動だったため、王都に立ち寄ったがその日のうちに到着できた。

ネブリーナに聞いた旅程によると、イングレータに出発するまで、あと三日以上ある。

「もう日暮れだね……明日にする？」

夕焼けに染まる空を眺めながらミレディが問う。

よくよく考えると、魔王軍が攻め入ってきたら、こんな風に空をのんびり眺めることもなくなってしまうんだよなぁ。

夕暮れを眺めるミレディの横顔を見ていると、魔王……レオナルドを倒すことの使命感、それに現実味が急に湧いてきた。

「いいや、この時間ならあいつらラウンジでのんびりしているはずだ。せっかくだし、また王族手形を使おう」

「わかった……」

「ここがアスラとミレディの学び舎がある街ですか」

コーラスが重馬フォルマッジを撫《な》でながら街を眺める。

彼女はロック山脈の山頂から出て、ツァイオンで半年を過ごし、ついには王都やウィラメッカスにまで足を延ばすこととなった。

コーラスが山頂で神級精霊として出現してから、数百年経つという。その数百年間、ずっと山頂のカルデラ湖でしか過ごしていなかったのだから、全てが物珍しく見えるのも無理はない。

「ああ、今からその学び舎へ行く」

「楽しみですね」

俺たちがウィラメッカス……つまり魔法学園に来たのは、他でもない。

王都と同じく魔王軍討伐のメンバーを揃《そろ》えるためだ。

しかし冒険者ギルドに依頼を掲示してもらうのとはワケが違う。

おたくの学園の生徒を死地に連れ出してもいいですか。それを聞きに行くのだ。断られる覚悟も必要だった。

魔法学園へは、ウィラメッカスに入ってすぐの大通りを真っ直ぐに進めば正門が見えてくる。

例によって、魔法学園の正門の守衛に止められた。

学園長に取り次いでもらうよう王族手形を見せることにした。

◇◆◇

〈ノクトア〉

学園の課業後、異母、もといゼミール学園長に呼び出された。

場所は学園長室。

半年前、ミレディとアスラが学園を訪れた際にもここへ呼び出されたのを思い出す。今回は何の用だろう。半年前は正体を隠した状態のミレディとアスラを学園の正門から学園長室まで案内をするように言われた。

やきもきしながら学園長室の扉をノックする。

「ノクトアね、入って」

ゼミール学園長は応接用のソファに座り、ソフィとユフィが淹《い》れた紅茶を飲んでいた。

二人は僕と目が合うと、ソフィが一礼し、ユフィは笑顔で手を振る。

この和んだ雰囲気といい、お母様の温和な口調といい、今は学園長ではなく母親として接するつもりのようだ。

「何の用ですか、お母様」

「ああ、座らなくていいわ。用をお願いするだけだから。聞いてちょうだい」

ソファに座ろうとすると、待ったの声を掛けられる。

なんだ、このデジャビュは……どこかで体験したことがある流れだぞ……。（※9巻68話参照）

どこか、と言うか、思いっきり半年前だ。半年前にここに呼ばれた時と状況が酷似している。

話が始まると、ソフィたちは学園長室の入り口の方へさがった。

「な、何でしょう……？」

「随分と警戒しているのね、珍しい」

「え、ええ……実はこの状況、以前にも体験したことがあるような気がしてならなくて……」

「おかしなことを言うのね」

「すみません」

「まあいいわ。実は今、あなたにお客が来ているの。あなたにと言っても、あなたのお父様のことを王国に密告したメンバーに、ですけど」

「……王城の人間ですか」

「さあ、そこまでは。会ってみないことには何とも……」

お父様が騎士隊に逮捕されてから半年が経った今でもなお、例の密告のことを知っているのはお母様と、密告した僕とロジェ、イヴァン……それとジムにメイドのソフィとユフィだけ。王城の者以外にありえない……と半年前に言った気がする。いや、僕ならきっと言ったはずだ。

「でしょうね……」

なんだ、この途方もなく追体験している感覚は。何なら学園長の返答内容まで一度聞いたことがあるぞ。

『受付をした教員の話によると、二人組で……どうも『王族手形』を持っていたらしいわ」

「はあ、何となく誰が来たかわかりました……」

「あらそう？　でもね、紺色のローブマントで人相がわからないんだって。何だか怪しくない？　腕の立つあなたにここまで連れて来てもらおうと思って」

「ここにですか……。別にいいんじゃないですか、放っておいても……」

「そういうわけにもいかないでしょう？　来客なんだから……お願いできるかしら？」

「あなた絶対わかっていて僕のこと呼んだでしょ……」

「ふふふ、お願いね？」

満面に笑みを浮かべる学園長は気味が悪い。

いまいち……と言うか、かなり納得のいかない節があるが、とりあえず例の二人組がいる校門へ向かった。

こんなに足が重いのはいつぶりだろう。

校門には、確かに紺のローブマントで顔を隠している二人組が立っている。人相どころか、体型や性別すらも判別できず、ローブマントの下に武器などを隠し持たれていてもわからない。

ああ、もう。

絶対あいつらだ。

「そこの二人組！」

返事をするわけでもなく、しかしすぐにこちらに来た。

万が一、人違いだったらマズいので、念のため普通の対応を心掛ける。

「セキュリティ的なアレだから、武器とか持ってたら今ここで出して」

もう相手の正体が半ばわかっている状態の来客対応とは、こうも粗雑になるものなのかと我ながら驚いた。

「セキュリティっていうか、あんた前より対応がズルズルなんじゃない？」

ようやくフードの下から聞き知った男の声が聞こえてきた。

やはり、あいつらだ。

「また来たのか」

「久しぶり、お兄様」

「学園長室に着くまではフードは取るな。あと声も出すなよ。バレたら大変なんだから」

僕は二人に忠告をして、さっさと学園長室へ案内した。

案内した、と言うかお前ら学園長室の場所も道も知ってるだろ。元々ここの学生だったんだから。

こんな茶番に付き合ってられるか。

「お連れしました、学園長。こいつら、ホント変わってないですね……」

僕は失礼と知りながらもノックなしに学園長室の扉を開けた。

「あらあら、良かったじゃない。いつも変わらぬ関係、素敵よ？」

「あなた僕を揶揄《からか》っただけでしょ……」

そう言っても、学園長からは笑みしか返って来なかった。

「二人ともよく来たわね。もうカヴェンディッシュ家のことはいいの？」

「とりあえずはね」

そう言ってフードを取ったのは、相変わらずふてぶてしいツラをしたアスラ……ではなく、水色の髪をした少女だった。

「⁉」

思わず黙り込んでしまった。

しかし、声は確実にアスラだった。

では誰だ、この水色髪の少女は？

頭に奇妙なウサギの面を載せており、背格好は……アスラより少し小さい。

しかしあの憎たらしい声は聞き間違えようがない、確かにあいつの声だったのだ。

「アスラ＝トワイライト……貴様、モテないからって、その……そんな格好を？」

「んなわけあるか！　こっちだこっち！　ウサギのお面の方だ」

「？」

よくよく声を聞いてみると、水色髪の少女が話しているのではなく、ウサギの面から声が発せられていた。

ウサギの面を睨《にら》み付けるように顔を近づけて見ると、突如、水色髪の少女は青白い光の粒子に包まれた。光の粒子が霧散すると、水色髪の少女の隣にはアスラが現れているではないか。

「ど、どどど、どういうことだ？」

僕が動揺しているのを尻目に、水色髪の少女はまるで僕の唾《つば》が飛んできそうで嫌だと言わんばかりに、しかめっ面をする。

「なんですか、この方は……初対面でいきなり顔を近づけてきて……」

「ああ、キスされるかと思った……」

流れに乗るかのように、アスラも同調し、うへぇ、と汚物でも見るような目を向けてきた。

「す、するか馬鹿者！」

必死に否定した。

「キス……」

なぜ顔を赤くする、我が妹、ミレディよ……。

◇◆◇

〈アスラ〉

「言ったじゃん、『第二夜』の爆発の時に精霊になったって」

「精霊になったら……お面になる能力が得られるのか？」

「違うわ」

こいつ、美形で地頭も良いはずなのにたまに天然なんだよな……。

「精霊になったら、霊基《れいき》の武器を作ったり鎧《よろい》になったりできるんだよ」

「な、なるほど……」

精霊の能力、延いては神級精霊の能力は解明されていない部分が多い。

突拍子もない能力の羅列に、ノクトアを含め、ソフィやユフィ、ゼミールも唖然《あぜん》としている。

理解できる能力の範疇《はんちゅう》を超えているのだ。

「お久しぶりです、アスラ様」

「ミレディ様も、おひさー」

凛《りん》としていて礼儀正しい姉のソフィと、対照的に砕けた態度で天真爛漫《らんまん》な妹のユフィ。

「半年ぶりね。元気してた？」

ゼミールとも挨拶《あいさつ》を済ませたところで、ミレディと俺以外の視線がコーラスに集まった。

「で、アスラ＝トワイライト……この少女がお前でないと言うのなら、いったい誰なんだ？」

モテなさ過ぎて少女化したという説を叩き出すノクトアの思考回路には驚きだが、その疑問はもっともである。

「ミレディの契約精霊だ」

「本当か、ミレディ？　人型の精霊は高位だと聞くぞ！　国家級か？　それとも王級？」

そう言えば、数年前ノクトアと戦ったことがあった。魔法学園に入学する前の話だったか。対抗戦とかいう催しでクシャトリアとペアを組んでノクトアと戦った時に、彼は国家級精霊イフリートと仮契約を結んでいたのを記憶している。

「えと……神級……」

「ははは、そうか、ようやくミレディにも神級の……神級だってッ!?」

絵に描いたようなノリツッコミ、あっぱれだノクトア。

「ミレディ……」

ゼミールも戦慄《せんりつ》を露《あら》わにする。

視界の端ではソフィとユフィが不安そうにそっと手を繋《つな》いでいた。

「……」

俺は何も言えなかったが、神級精霊に対する世の価値観ってこんな感じなんだと、現実を肌で感じた。

しかしそれが普通の反応なのかも。

だって神級って、神と同じくらい強い？　みたいな解釈でいいんだよね。

目の前に、はい神様レベルに強いヤツです、てな塩梅でコーラスみたいな少女を紹介されたら存在が底知れなさ過ぎて怖いわな……。

「大丈夫だよ。良い精霊だから」

ミレディの一言に、一同は息を呑《の》む。

ミレディの無表情は、こういう時に効果を発揮する。

焦りや動揺など微塵《みじん》もない表情と抑揚のない言葉。冷静で飾り気がない、真実だけを伝えようとする姿勢。

その見せ方が、ミレディは生来、人より強いのだ。

でも、学園長室の雰囲気は変わらない。

ネブリーナやクシャトリアたちは、コーラスみたいな馬鹿みたいに強いヤツに会い過ぎて怖がる感覚が麻痺《まひ》しているんだと思う。

「私、部屋を出ていましょうか？」

「？　ここにいていいよ」

こうも人に気を使える精霊はそうそういない。

精霊って本来は人間社会の常識外のところで生きているから。

「ソファにでも座って紅茶飲んどこうぜ。説明はミレディがしてくれるって」

「はい……」

ここぞとばかりに大人しいコーラス。

ここで普段通りの砕けた接し方をするのは適切でないと思っているに違いない。

「ソフィ、紅茶を頼んでもいいか？　とりあえず四人分」

「は、はい……」

ミレディはゼミールとノクトアにウィラメッカスを訪れた理由を話し出した。少し長くなりそうだ。

俺とコーラス、ソフィとユフィで茶でもしばいて待とう。

「ソフィのお茶は美味いんだぜ」

「なぜアスラが自慢そうに言うのかは理解しかねますが、いただきます」

「おいおい、ここではみんなコーラスを怖がって話すらまともにできないかもしれないんだぞ。俺という命綱は大事にしろ？」

俺とコーラスが横並びでソファに座ると、間もなくして目の前のローテーブルにソフィとユフィが紅茶を置く。

綺麗《きれい》なカップとソーサーだ。

しかし紅茶の湯面には、なおも不安を湛える彼女らの表情が映っていた。

何か気の利いた話はないものか。

この重苦しい雰囲気を一気に明るくできるような……原因はコーラスだとはっきりして

いるからコーラスも気を揉《も》んで仕方がないだろう。俺やミレディと関係のない人の集まりなら、コーラスはきっと傍若無人《ぼうじゃくぶじん》な振る舞いをするだろうが、今回は俺やミレディと関係の深い人の集まりだから、コーラスは大人しくしているんだ。

良くないよねぇ……。

「失礼します」

ソフィとユフィは自分たちの紅茶も用意して、向かいのソファに腰を掛ける。

「えっと、コーラス、俺がフォンタリウスの屋敷にいた話はこの前したよね。その屋敷にいた時、世話になったメイドのソフィとユフィだよ」

とりあえずは紹介。ソフィとユフィは座ったままぺこりと頭を下げた。

ソフィとユフィは獣人という種族に分類される亜人種と言われ、頭頂部付近に猫のような耳がついており、腰の位置からは尻尾が生えている。

俺たちの後ろでは、ミレディがゼミールとノクトアに魔王軍討伐についての話を淡々と進めていた。

「あの……アスラ様、魔大陸？　ってところに行っちゃうの？」

「ああ、ミレディのしてる話？　そうだよ。ミレディとコーラス、騎士隊の人たちと……それにヴィカも行くよ」

「ヴィカも？」

「うん。行くって言っても、ヴィカは後方支援的な役割をしてもらうから、戦闘には加わらないんだけど」

紅茶を飲みながら答えた。

「――――じゃあ……も行く……」

「ん？　なんて？」

ユフィが何かを小声で呟《つぶや》いたが、俺は聞こえず聞き返した。

するとユフィはその場に立ち上がり、力強く言い放つ。

「じゃあ私も行くっ‼」

ブーーーッ！

はい、紅茶を勢いよく噴き出したのは俺です。おかげでカップの紅茶は空だ。

「は？」

「だってヴィカも行くんでしょ⁉　それ絶対アスラ様のためだよ！　ミレディ様が行くなら、私だって放っておけないもん！　私も行く！」

おいおい、さっきまでコーラスの存在にガクブルしてビビってたのはどこのどいつだよ。

「え、ユフィ？　あなた何を言っているの？」

ユフィの横ですかさず姉のソフィがユフィの服を掴《つか》んで引き止める。

そうだそうだ。誰かが心配だからって理由で魔大陸に同行するメイドは二人もいらない。


「じゃ、じゃあ、私も行く――――ッ!!」

ってお前もかいー！

俺はまたもや紅茶を噴き出すところだった。

「ちょっとコーラス、紅茶ちょうだい」

「え？　いいですけど……」

「ありがと」

俺はコーラスの紅茶をもらい、一気に口に含んだ。

そして。

ブーーーッ！

噴き出した。

「何だってッ!?」

「そのリアクションをするために私の紅茶を？」

「だってノクトア様も行くんでしょ!?　ノクトア様を誘いにここへ来たんでしょ!?」

コーラスの不満を食う勢いで、ソフィに問い詰められた。

「いやまあ、そうなんだけどさ……」

「じゃあ私も行く！　アスラ様の担当のヴィカも、ミレディ様担当のユフィも行くならノクトア様担当の私も行くの！」

ど、どういうロジックしてんだ……？

その担当制もフォンタリウスの屋敷にいた、十年近く前の話だろ？

メイド側がそう言い張っているだけで、実際屋敷を追い出されてから俺はヴィカに担当してもらってないわけだし……。

ミレディもユフィのいる学園を離れて過ごしていたんだし……今更その担当制を持ち出すのか？

「そうだよ！　アスラ様が何と言おうと私もお姉ちゃんも行くから！」

ミレディの話が中断され、ノクトアがあんぐりと口を開けながらこちらを見ている状況になるくらいには、二人の獣人姉妹の息巻く姿は壮絶だった。

かく言う俺も二人の勢いに気圧《けお》されていた。

が、そこで口火を切ったのは、他でもないコーラスだった。

「いいんじゃないでしょうか」


いいんじゃないでしょうか、だって？

深夜にコンビニ行くのとはワケが違うんだぞ？

死地だよ死地。魔大陸にメイドを三人も連れて行けるかっての！

「死んじゃうって！　一般人だからオーウェンたちにも遠慮してもらってんだぞ！」

思わず本音が出る。

それを守るのがお前の役目だろうに、と本音を言ってから気付いた。

「オーウェンは別に行きたがっていませんでした。アスラが手伝ってほしかっただけなんじゃ……」

「ち、違わないけどもさ……二人は……戦いの経験も俺たちほどじゃない。危ないって」

「ヴィカのような旅の支援をする人員がいたら、戦いで疲れた体に鞭《むち》打って寝床やご飯を用意したりしなくて済むんですよ？」

「いや後方支援の大切さはわかってるよ。二人の気持ちもわかるしさ……」

コーラスは間違いなく正しいことを言っている。

二人の身の安全という項目を除いてだけど。

でもその身の安全も俺やミレディ、それにコーラス、そして騎士隊やギルドで招集したメンバーが確保してナンボなんだよなあ。

きっとネブリーナならこう言う。

協力して頂ける人数は多いに越したことはありません、是非ご協力を……。

ここで俺が拒否したところで、三日後ウィラメッカスで合流する騎士隊に二人が連れて行ってくれと頼み込めば結果は同じだ。

「んまァ、考えても仕方がない。人手は多い方がいいもんね……その方がコーラスが恐れるに足らない精霊だってこともわかるだろうしさ……」

ソフィとユフィは望外の喜びと言わんばかりにお互いを見合って喜んだ。

「精霊様、味方してくれてありがとう！」

ユフィはすかさずコーラスに感謝を伝え、ソフィも怖がってすみませんでした、と頭を下げた。

なにさなにさ、二人の身を案じて反対した俺を敵みたいに。

「しかし神級精霊に向かって恐れるに足らないとは……」

「実際そうでしょ」

「……確かにアスラは私を恐れませんね」

「でしょ。って言うかさ、俺がリーダーとかじゃないんだし、俺の許可いらなくない？

と同時に俺の許可あっても意味なくない？」

と俺が発言したところで、場の空気が固まった。

それはまるで、確かに、と言わんばかりである。

「おい……ッ」

図星かよ。

この魔王軍討伐にあたって、エアスリル王国の軍を指揮しているのはネブリーナだ。

許可がいるとすればそれは唯一、ネブリーナの許可だけだ。

そこにノクトアから一言投じられた。

「あの……ソフィ、僕まだ同行するとは言ってないんだが……ミレディから説明聞いてる途中で……」

申し訳なさそうに言うノクトア。

しかしメイドが戦地に赴くのに、その主《あるじ》である貴族が行かないとはおかしな話だ。

結果的に、ノクトアの外堀が埋められて彼の同行はその場で決まった。

◇◆◇

三日後、ネブリーナや王宮近衛隊のクシャトリア、アルタイルを含む騎士隊がウィラメッカスに到着した。

　早朝だった。

　フォルマッジを連れてウィラメッカスの漁港に行ってみると、到着したばかりだというのに、騎士隊員たちが荷の積み込みを大勢で行っている。フォルマッジを早々に騎士隊員に預けて、他の馬と一緒に乗せてもらえるよう依頼した。

　朝日は昇ったばかりのようで、空が白んでいる。海からの風が少し強いのか、雲の流れが速く見えた。

　騎士隊と一緒にウィラメッカスに到着したヴィカとジュリアが、海辺の栈橋で朝日を眺めている。

「ヴィカたちだ」

　漁港に到着したミレディとコーラス、俺の三人は栈橋に向かった。

「おはよ」

「おはようございます、アスラ様。ミレディ様、精霊様も」

「おはよぉ〜」

　ヴィカは綺麗《きれい》なお辞儀で、ジュリアは伸びをしながら答えた。

「眠そうだな」

「眠いわよ……徹夜で移動よ」

ジュリアは欠伸《あくび》をする。

よかった、先にウィラメッカスに着いておいて。

寝不足で船旅なんか冗談じゃない。自慢じゃないが、吐く自信だけは誰にも負けない。

苦笑いをしていると、後ろから声を掛けられた。

「よお、アスラ」

野太い声。

桟橋をこちらに歩いて来るどっしりとした足取り……が三つ。それに四人目の小さな足取りも。

振り返ると、冒険者たちが四人並んでいた。

「コールソン。それにゴルドー、ルバーシ。マリーも。久しぶりだね」

「久しぶりだぁ～？　ニコ嬢から聞いたぜ。精霊になったんだって？　ふっざけんなよ、どんな伝説だよそりゃあ」

挨拶《あいさつ》するや否や、コールソンに頭をその丸太のように太い腕でがっちりとホールドされて、つむじをぐりぐりされた。

「いでででで」

「俺は信じてたぜ、お前が死ぬはずねえってな！」

「わかったから！　痛いって！」

コールソンの腕をタップするとホールドは解かれて、コールソンの豪快な笑い顔が目に入る。

「小僧、久しぶりだな」

「久しぶり」

「アスラさん、久しぶり」

コールソンを押し退けたゴルドーとルバーシ、マリーの順に握手を交わす。

俺を小僧と呼ぶ、赤を基調とした戦国武将のような肩当てのある鎧《よろい》を身に纏《まと》ったギザギザに尖《とが》った金髪が特徴的で派手な大男がゴルドー、その弟のルバーシは、これまた兄貴に似たギザギザの髪型で、色は兄貴とは対照的に銀色をしており、鎧の色も対照的な青だ。

二人の妹にあたり、コールソンの恋人という噂のマリーは、ベレー帽にショートカットの茶髪で、黒いノースリーブのベスト調の鎧にプリーツスカートという兄貴二人と比べてかなり軽装の装備である。

この三人は、三年前……いや、もう四年前になるのか。クシャトリアと契約したダンジョンの中で出会った冒険者たちだ。それ以前に知り合っていたコールソンもダンジョンにいて、みんなで意気投合したのを覚えている。

それ以来、コールソンとマリーは付き合い始めたんだとか。

「懐かしいな……」

それらを思い出し、自然と言葉が口を突いて出る。

精霊だった時期は記憶を失っていたため、その時期を挟むと、余計に昔のことに思えてしまう。

「こっちのセリフだ。だいたいのことはニコ嬢から聞いたぜ。大変だったんだってな」

「ニコは大袈裟《おおげさ》なんだよ」

「いいや、控えめに言っても、えげつねえ経験だったろうよ。俺たちを頼ってくれて嬉しいぜ」

「来てくれてありがとう。協力者って考えた時に、ダンジョンで世話になったみんなのことが頭に浮かんだんだ」

「だからってギルドで名指しの依頼を出すやつがあるか？　しかも依頼内容は受付嬢から直接説明って……まともな依頼じゃないことはわかりきってたんだが、ニコ嬢からアスラの名前を聞いた途端、この三兄弟ときたら二つ返事だ」

コールソンに指を差されて、ニッと笑うゴルドー、ルバーシ、そしてマリー。

「で？　そこの二人のどっちがお前のコレだ？」

その笑顔のまま、小指を見せるゴルドー。

挨拶《あいさつ》もそこそこに、いきなり踏み込んでくるな……そういや冒険者ってこういう感じだ。

「銀髪の方。名前はミレディ。みんなのことは事前に説明してる」

ミレディを紹介すると、ミレディは表情を変えずに、しかし綺麗《きれい》な所作で頭を下げた。

「み、ミレディ＝フォンタリウスが彼女かよ……こりゃ驚いた」

「え、ってことは聖女様じゃない……」

ゴルドーは少し後ずさり、マリーが絶句した。

しかしこの反応に慣れた様子のミレディは無表情に挨拶《あいさつ》を交わす。

「もう聖女じゃない。やめたから……ただのミレディでいいです」

表情がかたいから、初対面だとどうしても堂々としているように見えるミレディ。

四人の冒険者の中で、唯一平静を保っていたのはルバーシだけだった。

「ああ、よろしく。俺はルバーシだ。アスラにはダンジョンで助けてもらった恩がある。こっちは兄貴のゴルドー。こっちは妹のマリー。マリーの恋人のコールソンがこっちだ」

そう言えば、ルバーシもどちらかというと感情があまり表に出ないタイプだった。

よろしく頼む、と淡々と挨拶を交わす。

「それと、戦闘には参加しないけど、旅のサポートをしてくれるジュリアとヴィカ」

元はと言えば、この魔王軍討伐の言い出しっぺはエルフの里……里の族長のガルダだ。

俺とジュリアが、魔王であるレオナルドを倒す……つもりはないが、どういう理由で魔物が凶暴化しているのか、また人の街や村を襲っているのか、問いただしに行くことにしたのだ。

その後、騎士隊と合流してジュリアの存在感は薄まってしまったかもしれないが、彼女こそ、この旅の扇動者だ。

しかし、ジュリアのことだけは、覚えておいてほしかった。

しかし、ここはさすがの冒険者たち。

旅路の後方支援役がどれほど重要なのか、よくわきまえていた。

「魔大陸に行くとなると後方支援もつくのか」

「心強いわね」

「ああ、戦った後に食事や寝床の確保、野営なんてしんどくてやってらんねえからな」

ヴィカとジュリアの参加に敬意を表して、俺たちにするのとはまた違う、爽《さわ》やかな挨拶をしていた。

顔合わせが一通り済んだところで……。

「久しぶりね、アスラちゃん」

いや、済んだと思わせておいて、新たに複数の足音が桟橋に響く。

ここ、ウィラメッカスにある魔法学園の制服を着た数人の人影。

久しく聞いていなかった男声による女口調。

「ロジェ……しばらくだな」

ロジェ＝クレイドル。

俺が一時期、魔法学園に籍を置いていた時の寮のルームメイトだ。

男として生きていたなら、おそらく女に苦労することなく過ごせたであろう整った顔立ちが、コイツの女口調で台無しになる。

いや……今は多様性の時代……。こいつの性表現に何も言うまい。

ロジェの後ろに続くのは、懐かしい顔ぶればかりだった。

ノクトアは俺が依頼した通り、みんなを招集してくれたのだ。

「ようやく僕の実力がわかったようだな、アスラ＝トワイライト……！」

この主人公口調の美形は、フォンタリウス家の長男であり、ミレディの異母兄。

ノクトア＝フォンタリウス。

「何言ってるんですかノクトア様！　調子に乗って無理に前線に出ようとしないでくださいね！　アスラ様とは違うんだから」

と、すかさず後ろからソフィの説教が飛んでくる。

そしてさらにその後ろから飛び出て来た一人の人影があった。

「ミレディ様！　来たよ！」

「ユフィ……来るとは聞いていたけど……本当に一緒に行くの？」

かつてフォンタリウスの屋敷に住んでいた時、ミレディの世話を担当していたメイドがユフィだ。ちなみにソフィはノクトアの、ヴィカは俺の担当のメイドだった。図らずも、ここにフォンタリウスの屋敷時代の三つのタッグが再集結したことになる。

「当たり前だよ！　ミレディ様がこれから戦地に行くのを知ってしまったんだもん。黙って見送れないよ！」

特にミレディとユフィは他と比べて仲が良かった。使用人であるユフィが仕える相手に敬語を使わないくらいである。

「ノクトアさん、いい顔してんなぁ」

「屋敷を出て以来だなアスラ。体調はもういいのか」

続いて姿を見せたのは、俺が魔法学園に在学中、クラスマッチというクラス対抗戦で対戦して以来、仲良くしてもらっている二人組。

ジム＝カンツェラーとイヴァン＝カヴェンディッシュだ。

さらにイヴァンの後ろから現れたのは、俺が魔王軍討伐の協力依頼を出していないまさかの人物だった。

「オリオン……嬉しい驚きだな……手伝ってくれるのか……」

「久しぶりですね。でも私はあくまで後方支援ですが……」

オリオンは、解放軍のアジトを叩いた時に、当時敵として出会った人工精霊だ。

元は解放軍側についていたが、その居場所が失われて、引き取り先となったのがイヴァンの屋敷だった。

最初オリオンと交戦した際、彼女の魔力を吸い上げて人工精霊からただの人間に戻してしまったため、一貴族の屋敷が、強大な力を持っていた元人工精霊の引き取り先として成立しているのだ。

元敵だった上に、人工精霊の力を失ってもなお、俺に協力してくれるという気持ちが、俺は嬉しい。

「みんなよく集まってくれた……ひとまず今ここにいる面々で自己紹か……ッ！」

と、言い掛けた時だった。

「神聖なる精霊よ、我に聖なる力を！　スターライトアロー！」

「闇の精霊よ、我に深淵《しんえん》なる力を。ダークフォース……」

頭上から振り下ろされる魔法による攻撃。

光の矢が一矢、それに黒いゲル状の物体……神聖魔法と暗黒魔法のセットだ。

こんな時に……っ。

桟橋全体を魔障壁で覆い、二種の魔法を無効化する。

こういう弱小攻撃の対処は朝飯前……はお腹が空くし無理だから昼飯前だとして、あの二人組は……。

「こんな朝っぱらからよくやるぜ」

魔法を放った二人組に最初に嫌味を言ったのはコールソンだった。

「挨拶《あいさつ》にしては派手過ぎたかしら？」

「アスラしかいないと言うから付き合ったのに……こんな大勢いるなんて聞いてない」

神聖魔法を適正魔法に持つセレスティアという種族のセラ。そして暗黒魔法を適正魔法に持つヘルスティアという種族のネビキス。

セラは天使のような頭の上の輪と背中の羽、ネビキスは悪魔のような角と背中の羽がそれぞれの特徴だ。

この二人もダンジョンで一緒になったメンバーだ。そのためコールソンたち冒険者メンバーとも面識がある。

さらに魔法学園でも一緒だった。血の気は多いが気のいい奴らだ。

天真爛漫《らんまん》な女の子のセラ。セラとは対照的にどんな時も冷静沈着なネビキス。

「俺だけだったら攻撃仕掛けてたのかよ、ネビキス」

「……久しぶりだな。生きていたと聞いた時は驚いた」

「へえ、そうは思えない無表情だな」

本当に、久しぶりだ。

そもそもネビキスがこんなに話すこと自体が珍しい。それだけで思わず顔が綻《ほころ》んだ。

「いやぁ！　アスラが生きてるって聞いた時はみんな泣いて喜んだのよ！　ね、ネビキス君？」

そして俺に惜しみない笑顔を向けるセラ。本当に種族だけでなく性格も対照的だ。

「……」

ネビキスは答えない。

「ネビキス君、照れちゃってさぁ。久しぶりだね、アスラ。また会えてすっごく嬉しい。前は二年ダンジョンにいて、今度は二年精霊やってたんだってね。いつ聞いても耳を疑うことばかり」

「我ながら馬鹿だよな……その間にみんな大人んなってるし……」

「そうだよ。ネビキス君は十九歳。私なんかもう二十歳よ？」

もうオバサンみたいな言い回しをするけど、二十歳なんてまだまだ若いからね？　ノクトアも二十歳なんだから二十歳を悪く言わないようにね？

ロジェに至っては、俺が精霊になる前の時点で二歳年上だったから、もう二十一だ。

が、しかし、元級友たちを前にすると、やはり自分だけが取り残された気がする。

ミレディがお姉さんに見えるワケだ。

と、ミレディを振り向くと目が合った。

魔法学園から協力しに来てくれたのは、オリオンとソフィやユフィを含めて九人……上出来だ。

俺の視線を追うように、魔法学園の面々もミレディへ視線を移すと、会話が始まった。

元はと言えばミレディも聖女になる前は魔法学園の生徒だった。みんなと面識がある。

「ミレディちゃん、ご無沙汰ー！」

「俺は屋敷で会って以来だな」

「あ、俺もか」

「え、なになに？　イヴァン君もジム君もアスラに会ってたの？」

「ああ、アスラとミレディが王城にいられなくなったから、うちの屋敷にしばらくいたんだよ……一緒の部屋で」

「え？　アンタちょっと、え!?　アスラちゃん、アンタとうとうミレディちゃんと!?」

「だあっ、イヴァン余計なことを！」

「諦めろアスラ！　いずれバレるって！　みんな、こいつら付き合ってるよ、うん、まじまじ！」

くそぉ……その男子高校生のノリやめろぉ……っ！

「付き合っていると言えばセラとネビキスもだよな」

「え、あ、うん……」

ノクトアの言葉に、セラが初めて動揺している。

「え？　付き合ってんの？　コールソン知ってた？」

「ああ、知ってるよ」

コールソンはおろか、後ろのダンジョン仲間のゴルドーやルバーシも頷《うなず》いていた。

「……」

……もしかしなくても、知らないの俺だけか……。

二年も精霊なんか続けて……ほんとに馬鹿みたいだ……。

もう、再会の感動とかいいや……なんか置いてきぼりの感覚くらうだけだし……。

俺はこの魔王軍討伐の旅に臨むにあたり、騎士隊の指揮を執るネブリーナからの要請で、俺のツテを頼りに協力者を募った。

ミレディ、コーラス、ヴィカとジュリア、それに俺は最初からいる当初メンバー。

ダンジョンで知り合った冒険者メンバー。

魔法学園のメンバー。それにメイドの二人を足して。

総勢十八人。

それに加え騎士隊長のランドや部下のイートゥー、特別騎士隊のラズをはじめとする騎士隊。

騎士隊を取り仕切るネブリーナ。

王宮近衛隊のクシャトリアとアルタイル。

この全員が魔王軍討伐のエアスリル王国の代表となる。

なんの因果か、俺と運命の歯車が噛《か》み合った者たちだ。

こんなことに巻き込まれて幸か不幸か定かではないが、今この桟橋にいる全員に暗い顔は見受けられなかった。

水平線から昇る朝日の光を浴びながら自己紹介を、再会の挨拶《あいさつ》を交わす面々。

前世で死んで生まれ変わったこの世界での人生。

このメンバーは、この異世界での俺の人生の軌跡そのもの。

みんなの顔を見ていると、存外悪い人生でもなかったのだと思える。

俺たちは魔王軍討伐という目的があるおかげで、再会の喜びを分かち合えた。

皮肉なものだと思う。

向かう先は魔大陸の入り口があると言われる新大陸イングレータ。

出発の時は近い。今は、今だけは再会の喜びに酔いしれていた。

84話　新大陸イングレータへ

桟橋で互いに初対面ではなくなった十八人は、漁港に戻った。

どうやら騎士隊たちの荷積みが終わるようだ。

荷運びの陣頭指揮を執っている騎士隊長のランド＝スカイラックがいた。

忙しそうだ。声を掛けるのは後回しにしようと思ったところで。

「それが君の仲間か、アスラ君」

ランドの方から俺に声を掛けてきた。

他のみんなは、各自の荷物を積み込む準備を先にするため、一度解散するようだったので、荷物の管理をヴィカに任せてランドの方へ駆け寄る。

「うん……ツァイオンでは顔を合わせなかったね」

「ああ。ツァイオンでは君たちを探すのに忙しかったからな……しかし、些《いささ》か少ないな」

十八人……。

軍隊とは呼べない数だ。

騎士隊の身になってみれば、英雄アスラ＝トワイライトの仲間が集結と聞けばもっと大勢来ると予想したのかもしれない。

　しかし、いかんせん俺の人生で出会う人の数は限られていた。

「魔大陸でも怯《ひる》まずに戦える人選なんだ。腕は信頼してもらっていいと思うけど」

「君がそう言うなら、そうなんだろうな……ネブリーナ姫から聞いたかもしれないが、魔王軍討伐に参加する三王国軍の各王国から神級精霊とその契約者を主戦力として『進軍長』に立てることになっている」

「ああ、聞いたよ。エアスリルの場合はミレディだろ？」

「その通りだ。あと、コーラスという神級精霊の存在もネブリーナ姫からお聞きしたのだが……」

「ネブリーナに存在を教えたのは俺たちだからね」

　あの二人が揃《そろ》って何かに負けるイメージがまるで湧かない。

　俺は魔大陸に乗り込む前から魔王軍に少し同情した。

「それと……君も無属性の神級精霊になれるだろう？」

「んん？」

　少し話の雲行きが怪しくなってきた。

「アスラ君、君が集団を率いたり、矢面に立つのが苦手なのはわかっている……」

「苦手って言うか、嫌いね」

「でも君は言ってみればミレディ＝フォンタリウスの契約精霊だろう？」

今まで無属性だの何だのと誹謗《ひぼう》中傷を受けてきたけど、矢面に立って良かった試しはこれっぽっちもない。

無属性だからだ、と不満をぶつけやすいんだ。特に何かに失敗した時。無属性魔法使いに責任転嫁できる。

もちろんエアスリルの騎士隊や俺のために集まってくれた仲間にそんなことを言う人間がいないことは百も承知だけど、これは他の王国と協力して魔王に挑む旅だ。

「ミレディがその進軍長になるのは決定なんだよね？」

「ああ。そうだね」

「じゃあやるよ」

「……すまん」

「謝ることじゃない。三つの王国の間での取り決めなんだろう？　仕方ないよ」

何かあった時には無属性の俺、延いてはその契約者とされるミレディが非難の的にされるのが耐えられそうにない。

しかしミレディとコーラスだけを進軍長として最前線に行かせるのはもっと耐えられない。

俺が常にミレディと共に行動し、ミレディを守る。

元はと言えば魔王を倒そうと考えたのも、魔物がミレディの生活を脅かす可能性が大きいと判断したからだ。

これは今まで運命に翻弄され過ぎたミレディが、平和で幸せに暮らせるようにする旅なんだ。

その旅の道中でミレディに何かあったのでは元も子もない、という話だ。

こっぱずかしくて口には出せないけど、ミレディだけは何としても俺が守らなきゃいけない。

「そう言ってくれるとありがたい。君たちには魔大陸に上陸してから働いてもらう。それまではゆっくり旅を楽しんでくれ」

この忙しい中、騎士隊長のランドはわざわざ俺のために時間を取って話してくれた。

荷の積み込みが終われば、すぐに出発するらしい。

少しでも早く魔大陸へ上陸し、進路を確保するのがネブリーナの目的のようだ。

可及的速やかに、というやつだ。

可能な範囲で急ごう。

騎士隊以外のメンバー……俺が声を掛けたみんなも各自の荷物を持って乗船するのが見えた。

船は大きな帆船が数隻。

漁港の船着き場を占拠しているようなものだ。

「アスラ……行くよ」

ミレディに声を掛けられ、俺たちはネブリーナのいる船に乗り込む。

最高戦力である進軍長が乗る船は王族と同じ……当たり前か。

同じ船にはヴィカとジュリアもいた。

それに王宮近衛隊のクシャトリアとアルタイルも。

他のメンバーは別の船に散らばったようで、知っている顔ぶれは見られない。

間もなくすると、帆が降ろされゆっくりと船が動き出した。

エアスリル軍の出航は、公表されていない。早朝だし、もちろん見送りもない。今朝ウイラメッカスに到着した騎士隊に至っては、徹夜で移動して、休憩なしで出航準備だったのだ。

ここらで一休み入れないと士気が下がるというものだ……そう思っていた時。

ネブリーナが甲板に現れた。

どこぞの豪華な船長室にでもいるのかと思っていたが、一挙に出航作業を完了させた騎士隊員たちの注目を集める。

隣には騎士隊長のランドもいた。

「みなさんのおかげで無事に出航することができました。ここから魔大陸への入り口があると言われるイングレータまでは少なくとも五日かかります。これからは大変な長旅です……もちろん魔大陸では魔物との戦闘もあるでしょう。私は戦闘に加わることなく、指揮を執ることしかできませんが、この命令には必ず従ってください……どうか死なないで」

ネブリーナは喉元に魔石を当てていた。

おそらく音の魔石……他の船にも同じ音声が届いているんだ。

「もう一度言いますが、ここからは大変な長旅です。きっと、人生で一番苦しく険しい旅になるでしょう。今の命令を守るのは困難ですが、実現への第一歩として、航海中は交代で休んで英気を養ってくださいね」

以上です、と一礼してネブリーナは船内に戻った。

なるほど、なかなかどうして騎士隊の士気が落ちないわけだ。

事あるごとに自分たちの国のトップであるネブリーナが励ましてくれる。

愛国心の強いエアスリルの騎士隊からしてみれば、これ以上の激励はないらしい。

「すごいね……」

珍しくミレディが感心していた。

「ああ。でも俺たちの仕事は魔大陸に入ってからだ。なるべく体を休めておこう」

「アスラ様たちはお休みになってください。私は上陸後の計画をもう少し練ります」

「あ、じゃあ私も手伝うわ」

俺やミレディに休むように勧めたのは、ヴィカだ。

ヴィカと、彼女に続いたジュリアは戦闘には参加しない。彼女たちもネブリーナと同じ後方支援だ。

自分たちにできる俺たちのサポートを必死にしてくれていた。

「ヴィカたちも少しは休んだら?」

「これが終われば休みます。どうぞお先に」

そう言って、イングレータの地図を広げるヴィカ。いったいどこから新大陸の地図を入手したのやら……。

ヴィカとジュリアには、ありがとうとだけ伝えて、アスラ＝トワイライトはクールに去ろう。

……去ろうとしたのだが。

「うおぉぉおおえぇぇ……っ」

俺は盛大に吐いていた。

もちろん甲板や船内じゃない。海へ放流している。

この世界の俺の体は船に弱いとかではない。この世界に転生してもうすぐ二十年になるが、ようやくわかった。乗り物全般がダメらしい。

「水の精霊よ……」

ミレディが治癒魔法で定期的に俺の船酔いを癒してくれるが、船に乗り続ける以上、酔いは付きまとってくる。

「アスラ、大丈夫ですか？」

「コーラスは平気そうだな……うぷっ……」

「はい、船という乗り物は初めてですが、面白いですね……海の上に浮かぶなんて」

幸い、今のところ気候には恵まれており、海がしけることもなく、航海は順調に進んでいる。

航海に関することは、基本的に騎士隊が全て担ってくれているため、俺たちは呑気《のんき》に空や海を眺めたり、船内でゆっくり揺られる時間を過ごしている。

ネブリーナは、王宮近衛隊のクシャトリア、アルタイルと共に船長室にいる。何をしているかよく知らないが、騎士隊長のランドや航海士と話し合って航路や旅程を決めているようだ。

ヴィカとジュリアも旅の計画を練ると言って、船室にこもっており、顔を見せないことがほとんど。

「ふぅ、横になって涼んだら少しマシだな」

俺は甲板の隅にあるデッキで、邪魔にならないスペースを見つけて仰向けに寝転がる。

空が抜けるように青く晴れ渡っている。

海風が体を撫《な》でて気持ちがいい。

すると、ミレディが俺のそばに座り込み、頭を船のへりにある柵に預けて、一緒に空を眺め始めた。

「気分……大丈夫？」

「だいぶマシ……なんか、ミレディって付き合ってからかなり過保護になったよな」

「そ、そう……？　そんなつもりないんだけれど……」

「うん、心配性だよ。そういうのは生まれてくる子供にとっておいた方が……っあ」

「…………っ」

言ってから気付いた。

だいぶセクハラにあたる。

実は、俺とミレディはまだそういう領域には踏み込んでいない。手を繋《つな》いでたまに口付けをするのが精一杯なプラトニックなお付き合いをしている。

もちろん、この手の話はミレディは大の苦手。苦手というより、恥ずかしいんだろうけど、顔がまるで茹蛸《ゆでだこ》のように真っ赤に染め上がっている。

ミレディは黙り込んでしまったが、しかし座ったままで俺から離れようとはしない。そこがまた嬉しいと言うかなんと言うか。

「コーラスは？」

「船尾で海を見てくるって」

「水属性の精霊として、やっぱり海には興味あるんだろうな」

「う〜ん、どうだろう。単に初めて見るから興味があるってだけなのかも……」

そんな取り留めのない話をしながらも、俺たちはお互いの指と指を絡ませ合っていた。

これから死地に向かうと言うのに、なんと心地が良いのだろうか。

さっきまでの船酔いもどこへやら。

ミレディの治癒魔法が効いている。

海風、雲の流れ、ミレディのひんやりと冷たい手指。

それら全てが、心地良さの果てに俺を眠りへと誘うのに時間はかからなかった。

思えば、この船旅はやることがなさ過ぎて、ほとんど眠っていたような気がする。

騎士隊やネブリーナたちからすれば、俺たち戦闘員には魔大陸に入ってから待ち受ける戦いに備えて、ゆっくり休んでほしいとのことであったが、これから数日、こんなに暇では身体が鈍《なま》ってしまう。

イングレータまでの航程は、海や天候にもよるが、五日を予定しているらしい。

追い風航法で進んでいるらしいが、風属性魔法使いが騎士隊にいるらしいので、いざとなれば追い風を作ることもできるという。

航程は大きくは乱れないのだとか。

俺は暖かい気候とミレディの感触に、眠りへ落ちた。

目が覚めたのは、雨粒が顔に当たった時だった。

眠りにつく直前とは一変、空は暗雲に覆われている。雨粒がしとしと降っていた。

本降りではないものの、これから時化《しけ》てきそうな空気である。

俺は甲板の端の方で横になっていた。どうやら眠っている間、ミレディは俺の手をずっと握ってくれていたようだ。

雲行きが怪しくなっていることに気付きながらも、俺の安眠を優先してくれたミレディには感謝しかない。

「起こしてくれてよかったんだぞ」

照れ隠しで、おはようという言葉の前に憎まれ口を叩いてしまうとは我ながら情けない。

「気持ちよさそうに眠っていたから……」

最高かよ。

俺がよく眠っていたから、天気が怪しくなってもギリギリまで起こさないってか？

格好良くて仕方ない寝顔をもっと見ておきたいから起こさなかったってか？

……そこまで言ってないってか？

そうか、そうだよな……。どこから俺の妄想だったんだ。

しかし俺が起き上がった後も、ミレディは俺の手を握ったままでいた。無論それを手放すつもりはないので、手を繋《つな》いだまま立ち上がる。

雨ざらしの甲板を避けて、船内へ入る。

「ありがとう、おかげで頭がすっきりした」

「ううん。それより体冷やさないようにね」

ミレディはどこで入手したのか、柔らかいタオルで雨に濡れた俺の頭を拭いてくれる。なんか……ミレディの過保護に甘えている気もするけど、これはこれで気持ち良いのでされるがままでいた。

「こうして見るとまるで世話焼きの姉と甘えたな弟ですね」

ミレディは俺の頭を拭き終えると、タオルを俺の肩に掛けた。

俺たちに声を掛けて来た主は、ネブリーナだった。

「そう見られる自覚はあるよ」

俺は二年もの間、精霊として生き、年を取らなかった期間がある。体の成長が止まった期間だ。その間にミレディの背は俺の身長を抜き、大人びた女性へと成長していた。傍《はた》から見ると、まさに姉と弟だろうよ。

「しかし本当に付き合っているのですね」

「何が言いたい？」

「いえ、悪気はありませんよ。ただあの奥手なミレディが鈍感なアスラと恋人だなんて……」

「信じられなかった？」

「ええ、まあ……」

俺は少し見上げる形でミレディの顔を見て、大人っぽくて整った容姿を客観視してみた。

「まあ、無理もないかもしれない。ミレディって物静かで大人びて見えるし、美人だから余計に……むぐっ」

言い終える前に、顔を赤くしたミレディが覆い被さるように口を手で塞いできた。

「もう、いいから……」

「あらあら……」

ミレディは俯《うつむ》きながら俺の耳に、もういいから、と何度も言葉を流し込む。

それを見たネブリーナは何か納得したように、しかし驚いていた。

「じゃあ、もう行くから」

「行くってどこに……っうぉあ」

ミレディはネブリーナにそう言い放つと、俺の手を取り……と言うか強引に掴《つか》んで引っ張って行く。

連れ去られ際にネブリーナに手を振ると、彼女は全く意に介した様子もなく、にっこりと手を振り返した。

ミレディが向かった先は、エルフの里で魔大陸に行くと集まった当初のメンバーに与えられた船室だ。コーラスはまだ戻っていないようで、ヴィカとジュリアも別室で旅の予定を組んでいるようだった。

部屋には俺とミレディだけ。

船室だから五人が寝るには少し手狭な空間だ。船が波に揺られ、船体が軋《きし》む音を立てる。

天井からぶら下がっている魔石の照明がぶらんぶらんと揺れていた。

「どうしたんだよ、ミレディ……」

彼女にしては珍しく、激情に任せるような……後先考えない行動だった。俺を船室に無理矢理連れて来るなんてことは特に。

「私たち……そんなに恋人同士に見えないかなって思って……なんだか悔しくて」

そんなことで悩むの？

とは言わず。しかし思わず口に出すところだった。

「そんなことで、って思うよね……？　ごめんね」

「……」

心を読まれた。

ミレディはたまに、まるでテレパシストのように人の表情の機微から感情を読み取ったりすることがある。

「いや……気持ちはわかる」

ミレディは、自分の行動を恥じるような顔をしながら、船室の簡易ベッドに腰掛けた。

「私、アスラが精霊になっていた二年間が、勿体《もったい》なく感じてしまうの……その空白の時間を何とか取り戻そうと思うんだけど、どうしても焦っちゃって……」

駄目だよね、こんなんじゃ……とミレディは落ち込んでみせる。

これは……アレだ。

懺悔《ざんげ》タイムだ。

俺が精霊になっている間、ミレディと言い争ったことがある。その翌日には仲直りしたんだけど、その際に見せた表情、口にする言葉が今の状況と酷似している。

ミレディは、一緒に過ごせたであろう時間を貪欲に追い求めている、そんな感じがした。

俺にとっては大した問題じゃなくても、二年を無為に過ごしたミレディにとっては、何

とかしてその二年を埋めたいと思うほどの問題なのだと知る。でも二年の差なんて同い年も同然
「だから、姉と弟みたいって言われるのが嫌なのか？　実際、中身は同い年なんだし」
じゃない？
いや、嘘だ。実際、俺の中身はアラフォーのおっさんである。こっちの世界に転生して
もうすぐ十八年……いや、精霊やってたからもうすぐ二十年か。前世を何歳で終えたのか
も覚えてないくらい、前世の記憶は薄れているからなのかもしれないが、中身同い年って
のはミレディを落ち着かせるための……えっと、そう、言葉の綾ってやつだ。
「そうだね……そうだよね……気にしても仕方がないんだけどね……」
口ではそう言う割に、表情は少し暗い。
「でも無理に納得しなくていいと思う。また何か思うところあれば言ってよ。こ……」
「こ？」
「こ……こここ、こい……」
「恋人？」
「う、うん……こい……となんだし……！」
あー！　恥ずかしいったら！
前世通算の精神年齢は、ニアリーイコール彼女いない歴だ。まだ慣れない言葉とは言
え、恋人の「び」の字すら言えないのかよ！　俺の童貞！

「ぷ……ふふふ……あはは」

「笑うことないだろ？」

「だって、顔も真っ赤だし、なんだか可愛くて……」

「真っ赤じゃない！　ミレディだってすぐに顔赤くするじゃん」

「赤くしてない……」

「してるよ」

「…………悪い？」

お、ミレディがムッとしている。

珍しい表情だ。思わず顔がにやける。

「何がおかしいの……」

「ミレディだって俺のこと笑ってたじゃん」

「可愛かったから笑っただけだよ」

「いや俺もミレディが怒ってるの可愛いから笑っただけだし」

「かわ……っ」

「ほら真っ赤になった」

ミレディをからかうと、彼女は顔を真っ赤にしたまま俺を睨《にら》み付け、勢いよく抱きついてきた。

ガバッ！

俺より少し背が高いのが身をもってわかる。

「うわっ、わ、み、ミレディ……っ？」

「……ふふ、アスラも真っ赤だよ」

ミレディは俺に抱きついたまま、耳元で囁《ささや》く。間近に感じる声と吐息に、より一層自分の顔が熱くなるのがわかる。

くそぅ、なんだこのやりとりは。

間もなく二十歳を迎える男女とはおよそ思えない恥ずかしがらせ対決。

しかし、対症療法ではあるが、ミレディの悩みは取り除けないにしても、このやりとりで和らいでいるように見える。

だけど、負けたままでは引き下がれない。

俺は、ええいままよ、とばかりに思い切って口付けを敢行した。

「んっ……!?」

今度はミレディが驚きの声を上げる。

「ははは……ミレディも顔まっ――――ッか!?」

ぼふっ！

真っ赤、そう言おうとしたら、顔を赤くしたミレディにベッドへ押し倒された。

ミレディの長い銀髪が俺の顔を撫《な》でると同時に、甘い香りを鼻腔へ届け、俺の脳が本能的な理解を示す。

その理解とは……。

「アスラ……貴方の身体が二年間成長せずに止まってたから、まだ成熟してないかなって遠慮してたんだけど……私、一応我慢してたんだよ？」

あまりにも唐突。

うわわわわわわわわぁああああっ！

考えてもみなかった！　考えてもみなかった！　いや、考えてはいたけど、いずれそういうことをする時が来るんだろうなって！　でも、今じゃないと思ってたから……つまり、うわわわわわわわぁあああっ！

「でももういいよね。アスラから仕掛けてきたんだし……」

俺がベッドで仰向けになり、それに覆い被さるように、ミレディは器用に俺の手足を押さえつける。

こんな時にいつもいるコーラスはいないし！

ヴィカとジュリアも別室だ！

ミレディが艶っぽい表情で顔を近づけてくる。

ああ、でもっ、覚悟が、ああっ……！

「ん……」

が、しかし。

こんなに戸惑っていたのに、ミレディに口付けをされた瞬間、その心地良さに戸惑いは吹き飛んだ。

押さえつけられていた手は、いつの間にかミレディの手と指を絡め合わせ、ミレディの腰を離すまいと掴《つか》んでいるではないか。

ああ、男とはなんと単純で悲しい生き物なのだろう……。

まさか、船内で、それも魔王を倒しに行くと意気込んだ旅の道中、しかも初めてを。

こんな形で迎えるなどと誰が想像しようか。

しかしミレディの魅力は俺に思考させる暇を与えず、別の快楽を俺の中へ流し込み、脳をいっぱいにした。

あれよあれよと時は過ぎ、いつの間にかミレディは俺たちの船室の鍵を閉め、ついにその日は誰も俺たちのいる船室に帰って来なかった。

◇◆◇

翌朝。

どうやらいつの間にか眠っていたようだ。

体を起こすと全裸で、ベッドの上だった。

船の中の数多くある船室のうちの一部屋。

隣にはこれまた生まれたままの姿のミレディが眠っている。

右半身を下にして、横を向いて眠っている。布団から覗《のぞ》く細い肩が白いったら。

それに、体が異様に軽い。ありえないほど頭の中がクリアだ。

そして悟る。

昨晩、ミレディと一線を越えた。いや、三、四線は越えたと思う……。

クリアになった頭で思考を巡らせると、ミレディが部屋の鍵を閉めたせいで、物理的にコーラスやヴィカたちには会わずに済んだ。だからこんなことができたんだろうけど……コーラスあたりには全部バレていて気を使われていそうだから怖くなる。

「おはよう……アスラ……」

ミレディが枕に顔を半分埋めた状態で俺を見る。顔にかかった銀髪が扇情的だ。

ただでさえ朝の生理現象で元気な息子が、昨晩の快楽を思い出したように主張を始める。

「おはよう」

ミレディも昨晩の出来事を思い出したようで、頬《ほお》を染めるが、起き上がった俺を再度べッドに押し倒して抱きついてきた。

少し前のミレディは、キスをしただけで恥ずかしがって二日ほど俺を避けていたくらいウブだったのに、今は体を重ね合わせたことによる充足感や安心感、お互いの信頼感が強まったためか、羞恥心《しゅうちしん》で逃げることはせず、俺を強く求めてくれた。

好きな子に求められて、喜ばない男はいない。

そして俺は、再びミレディと一線を越えた。

嗚呼《ああ》……。

絶対これ旅とか手につかなくなるやつだ。

男を駄目にするやつ。

まさにこれだ。

果たして、ここから気を引き締められるか不安でしかない。

「……朝から元気だね」

ミレディがくすりと笑う。

……うーん、まあなんとかなるか。

ミレディの微笑みの前では、魔王軍を相手にすることさえ、些事《さじ》に思えるから不思議だ。

このままではイングレータに到着するまでミレディとこの部屋でダラダラと過ごしてし

まいそう……って、それはそれで楽しそう……じゃなくて、けじめが大事だ。

　この船室にずっと男女でこもっていると、絶対やることやってると思われる。いや、やることとやってんだけど、周りに察されて黙っていられるのは恥ずかし過ぎて辛い。

「大丈夫？　腰……その、痛くない？」

「ま、まだするの……？」

「しないしない！　ミレディは……えっと、初めてなんじゃないかと思って」

「うん、今は痛くないよ。でもその言い方だとアスラは初めてじゃないみたい……」

　ミレディがムスッとする。これはこれで珍しい表情だ。無表情を代名詞とするミレディが、俺に見せる表情を増やしてくれるのは嬉しい。

「な、なにを笑ってるの……？」

　今度は少しだけ顔を赤くした。

「いや、嫉妬してくれてるのが嬉しいなと」

「し、嫉妬してない」

「気にし過ぎだって。俺も初めてだよ。見てたでしょ、昨日めっちゃぎこちなかったの」

「うん……焦ってて可愛かった」

「へん、悪かったな」

「ふふふ、可愛い……」

ミレディは体を起こして、俺の頭を撫《な》でる。同い年なのに、最近は俺の体の年齢が遅れているだけで年下扱いしてくるな……。

俺たちは服を着て、船室を出る。

船の中だからわからなかったが、船の甲板に出てみると、まだ朝陽が昇って間もない時間だった。

昨日、船室にこもり始めたのがまだ夜にもなっていなかったことを考えると、いかに長時間ミレディと怠惰な時間を過ごしたのかがわかる。

船尾の方では、コーラスが外で眠っていた。

「うわっ、大丈夫かコーラスのやつ。風邪ひいたりしてないよね?」

「精霊だから風邪ひかないし、体も汚れないよ……」

「あ、そうか……」

俺は手近な毛布を持ってきて、気持ちばかりにコーラスに掛けてから船内に戻った。

船内には簡易な食堂もあり、船員が集まる場にもなっている。が、今は早朝ということもあるのか、俺とミレディ以外、誰もいなかった。

「ヴィカたちはどこで寝たんだろう」

俺が呟《つぶや》くと、ミレディは心当たりがあったようで、別の船室に案内してくれた。

ノックをしてから入ると、鍵はされておらず、中の壁面には本棚や大きな地図があり、部屋の中央には作戦机がある。

　机には突っ伏して寝るヴィカとジュリアの姿が……。

　ここで二人が寝てて、コーラスも船尾で寝てた……つまり、夜、俺とミレディの船室には誰も来なかったし、誰にも営みの存在はバレていない。

　などと、下世話なことばかり考えてしまう。そうじゃないだろう、俺。夜鍋してまで俺たちの旅の計画を練ってくれていた二人に、営みの存在はバレていないはないだろうよ……。

「なんか罪悪感……」

　俺は頭をかいて見せる。

「どうして？」

　ミレディが無表情に首を傾げた。

「だってさ、俺たちが部屋で……その、えっと……のんびり、そう、のんびりしてる間にさ、二人は旅の計画を練ってくれてたんだなって思うと、無性に申し訳なくなるよ」

「そうかな。私は幸せだったよ」

「お、おう……」

　この正直者め。

　剛速球で本音が飛んできたため、少々面食らった。

女性側にそう言われると妙に嬉し恥ずかしだな。申し訳なく思うのも前世でこびりついた日本人気質が残っているだけなのだろうか。

「暇だし、朝飯でも作ろうか」

この船で起きているのは、舵《かじ》をとっている船員、見張りをしている船員の他には、俺とミレディだけだろうし、厨房《ちゅうぼう》は自由に使えるはずだ。

戻ってみると、食堂にはまだ誰もいなかった。

「またアスラのビーフシチュー食べたいな」

さりげなくミレディがリクエストをする。

「朝からビーフシチュー？　胃がびっくりするぞ」

「？　そんなことないよ。美味しいよ」

ミレディは朝飯がカレーやビーフシチューでもヘビーだと感じないらしい。

と言っても、帆船の厨房だから大した具材はないんじゃないかと思ったが、さすがは一国の姫君が乗る船。具材の種類や量が豊富で、ビーフシチューと言わず、色々作れそうだ。

「そんなに褒めてもビーフシチューしか出ないぞ。材料あるし……とりあえず作れそうだけど」

「手伝うよ」

ミレディも調理に加わり、二人で具材を切って、煮込んで、味付けをした。

ミレディと二人だけという空間に、俺の手が具材ではなくミレディに伸びようとしていたが、努めて抑えた。

こういうアブノーマルなシチュエーションは、旅の後で付き合ってもらうのがいい。

俺がビーフシチューの作り方を習った時は、飲食店用の鍋で作る分量で教えてもらっていたため、二人で食べるには多過ぎる量ができ上がった。

「なんだか……多いね」

「他の乗組員に食べてもらえばいいよ。とりあえず俺たちも食べよ。腹減ったよ」

食器棚から安っぽい皿とスプーンを選んで取り出し、厨房でビーフシチューを皿によそってミレディに渡す。

「……いい匂い」

ミレディは静かにビーフシチューの湯気を吸い込み、独りごちた。

「何度か食べたことあるでしょ」

「数えるほどだよ。何度でも食べたいもん」

もんって言うんだ、ミレディも……。なんか、いいな。あ、いや、わかる？　女の子の、なんだもんっていう言い回し。

そこはかとなく男心をくすぐるというか、なんと言うか……現にキューティーなハニーも、だってだってなんだもんって言ってるし……って、何の話だ。

ミレディの語尾一つでこうも頭が掻《か》き乱されるとは……ビーフシチューを食べてお乳つこう……げふんげふん！　もとい、落ち着こう。

俺は食堂の長机にビーフシチューの皿を置き、ミレディと自分の水をコップに注《つ》いで持ってくると、ミレディの隣に腰を落とした。

「お水、ありがとう……」

「いいってことよ」

水のあたまにも、「お」を付けるんだな……って、ダメだ、ミレディの言葉の節々から見え隠れする色気に、また頭の中を掻き乱されている。原因はわかっていた。昨日、一晩共に過ごしたからである。

以前にも増して、彼女を恋人として、異性として意識し、それらが俺の五感を狂わせていた。

しかし、幸いにもビーフシチューを食べることで、ようやく脳が正常に働くようになった。

俺が食べているのを見て、ミレディもビーフシチューを口へ運び始めた。

「やっぱり美味しいね」

「ありがとう。きっと次からはミレディも作れるようになるよ」

ミレディと取り留めのない話をしていると、時間はあっという間に過ぎていく。

ビーフシチューを食べ終えると、それから間もなくネブリーナが食堂へ顔を出した。

「ふぁあ、ほはようございます……」

欠伸《あくび》をしながら挨拶《あいさつ》をするお姫様。俺たちの前では気を抜いてくれている証拠か。

「おはよう。眠そうだな」

「昨日遅くまで船の操縦を見守っていたもので……二人は朝早いんですね」

「たまたま目が覚めちゃって」

さすがはお姫様。夜間の船の航海に必要な人員を除き、王族として一番遅くに寝て、一番早くに起きるという心掛けか。

「そうですか……ん？　いい匂いがしますね」

「ああ、ビーフシチュー作ったんだよ。食べる？」

ネブリーナは、ビーフシチューの匂いに誘われるように厨房《ちゅうぼう》へ入ると、ビーフシチューの鍋を見つけて蓋を開けた。

「二人は魔大陸に着くまでゆっくりしてくれていいとあれほど言ったのに……」

「腹減ってたんだよ。ついでだついで」

「そういうことなら、ありがたく頂きましょうか」

ネブリーナは嘆息しながらも嬉しそうに、おたまでビーフシチューをすくうと、皿に注ぎ込み、俺たちの向かいの席で食べ始めた。

「ん。美味しい。起き抜けに食べても口当たりがいいですね。他の騎士隊員にも食べてもらいましょうよ」

「そんなに絶賛するほどか？　量はあるからみんなで食べてもらって構わないけどさ」

「決まりですね」

言うが早いか、コック帽を被った船員や、騎士隊員たちがぞろぞろと食堂に顔を出した。

ネブリーナ、ミレディ、俺の順番に騎士隊員たちが挨拶《あいさつ》するや否や、厨房《ちゅうぼう》のビーフシチューを見つけ、ネブリーナからのお許しが出ると子供のように喜んで食べ始める。

ミレディや俺に礼を言ったり大騒ぎで食べたりと喧騒《けんそう》が一気に押し寄せてきた。

食事を終えて甲板に出た頃には、太陽は高く昇っていた。見張りや船の操縦の交代はまだかという怒号が飛び交いつつも、船は順調に新大陸イングレータへ向かっていた。

俺の船酔いを除いて、航海はつつがなく進む。

ウィラメッカスを出て五日後、俺たちの船は新大陸イングレータへ到着した。

85話　国王ブラッドベリー

ウィラメッカスを出航してから五日後、俺たちの船は新大陸イングレータに到着した。

到着は夜が明けて、しばらくした頃だった。

イングレータはひとつの大陸としては小さいが、大陸全土がイングレータ王国の領土となっており、国の文明は俺たちのエアスリルと同等なのだとか。

気候はエアスリルより少し暑いか……。

入港したのは港というより、石造りの堅牢《けんろう》な桟橋が数ヶ所設けられているだけ……と言った印象の場所だった。

船着場の両端には、これまた石造りの城壁がそびえ立ち、船着場の奥には大きな山脈が見える。

俺たちの船の他にも、一緒にエアスリルを出た船が次々と到着する。

他の船に乗っていたコールソンたち冒険者メンバーや、ロジェやイヴァンたち魔法学園の生徒たちも合流した。

さすがにイングレータ側にも入港の話は通っており、出迎えの人間が大勢いた。望遠していたのか、俺たちの到着に合わせるように次々と人が桟橋に出てくる。

しかしそれらの人たちは、みな同一の制服のような格好で並んでおり、歓迎しているのではなく、業務として迎え入れる作業をしに来ただけ、といった印象だ。

「なんか堅苦しいな…。歓迎されてないのかな」

「ネブリーナが言ってたね。イングレータ王国は魔大陸への進軍に賛同していないって」

俺と同じ不安をミレディも抱えているようだ。

しかし、そんな中、ネブリーナは先陣を切って出迎えの人たちに挨拶《あいさつ》し、荷下ろしの手伝いを交渉していた。

堂々と、毅然と、凛《りん》とした姿。

さすがは国のトップとしてここまで来たお姫様。頭が上がらないったら。

俺とミレディはその姿を甲板の上から眺めていた。

荷下ろしは着々と進められていき、フォルマッジも無事に船から降ろされた。昼頃にはイングレータへ入国する準備が完了する。

現地の馬車を借り、荷物の運搬が始まった。

桟橋と接続している城壁の門が開かれ、俺たちも移動する。通された先は、街になっていた。

イングレータに一度来たことがあるクシャトリアたち王宮近衛隊や、騎士隊とは違い、俺が集めた冒険者や魔法学園生徒の一同は、目を見開いて異国の風景を見落とすものかと眺めている。

この国は魔法や魔石で街のインフラを確立するエアスリルとは違い、動力を利用しているようだ。

街の至る所に水車や風車、さらには大きな窯があり、水力や風力、火力を使って何らかの動力を生み出しているようだ。

しかし、そこから発電をするというわけではないのか、街中を埋め尽くすように歯車があり、回っていた。

街の奥には王城と思しき建物が見える。ここはエアスリルで言う王都なのだろう。

「よぉ、アスラ。船酔いしてたんだってな？」

みんなが街の風景、特に歯車が埋め尽くす機械的な景色に圧倒されている中、コールソンが話しかけてきた。

「だ、誰から聞いた？」

「みんな知ってるよ。だっせーな。はははは！」

「うるさいよ」

「聖女様に治してもらってたんだってな？」

「こいつ……」

この男は……相手をすればするだけ揶揄《からか》ってくるではないか。誰だこの肉ダルマをメンバーに呼んだのは。……俺か。

「これってやっぱり王城に向かってるのかな」

「あの奥に見えるやつか？　まあそうだろうな。他国の大所帯が街に入ったんだ。現地の王様にお目通り願うのが筋なんじゃねぇの？」

コールソンが遠くに見える城を眺めながら答える。

「何か不安なのですか？　アスラ」

「うお、びっくりした」

コールソンとの間に割って入るように、コーラスが文字通り首を突っ込んできた。

「あんた……確か水の神級精霊様だったな」

「コーラスでいいですよ」

「そうか。俺はコールソンだ。名前が似てるな」

「そうですね。ややこしいので筋に――――むぐぅっ!?」

俺は咄嗟《とっさ》にコーラスの口を塞ぐ。

「お前はまたえげつない呼び名をつけようとしてただろ」

「筋肉ダルマのどこがえげつないんですか」

「普通に悪口じゃねぇかそれ！　確かに筋肉ダルマだけど筋肉以外にもいいところあるん

だよ」

「アスラ、お前も大概失礼だからな」

コールソンは辟易《へきえき》したように言う。

「じゃあさ、この旅の間のコールソンのあだ名考えようよ、あだ名！」

「それこそ筋肉ダルマでいいだろ」

「それじゃあ安直過ぎるわね、もう少し捻《ひね》りがほしいわ！」

他にもセラやゴルドー、ジュリアたちワイワイ賑《にぎ》やかグループが話に加わって、さらに盛り上がり始めたが、騎士隊長ランド＝スカイラックの、遠足に来たんじゃないんだぞ、という一喝ですぐに萎《しぼ》んだ。

ランドの怒号のおかげで、周囲に目を向けるようになったが、ここの国民は俺たちを不思議そうに見ているだけだった。歓迎もなければブーイングもない。ただただ戸惑っているような表情が散見される。

騎士隊は縦に長い隊列を組んで街を進む。隊列の中央にネブリーナを据え、その周りを細長く囲む。ランドはしんがりだった。俺たち騎士隊以外のメンバーは、その後ろに騎士隊に倣《なら》って並んだ。

「でもさ、騎士隊長のランドさん……？　だっけ？　あんたも思うだろ？　この国ゃ何か妙だぜ。国民がまるで俺たちの来訪を知らなかったみたいにキョトンとしてやがる」

そりゃ雰囲気に呑《の》まれねえために内輪で一騒ぎくらいするってのの、とコールソンがランドに問う。

「おおかた、国王のブラッドベリーが王国内に我々の来国を知らせていないんだ。歓迎する気はないらしいな」

騎士隊と冒険者。組織が違えばウマも合わないのかと思ったが、杞憂《きゆう》のようだった。それから二人は王城までの道中、騎士隊と冒険者、それぞれの価値観や考え方を共有し始める。

この国の内情も妙だが、騎士隊と冒険者のおよそトップである二人が仲良く話しているこの光景も妙と言えた。

王城は、街の奥に鎮座している。

屋根が尖《とが》ったザ・城という風体では決してなく、ほぼ真四角の立方体の形をしていた。窓や開口部は遠目だが多くは見えない。閉鎖的な印象を受ける。

俺たち大所帯の足音。街の喧騒《けんそう》。歯車や動力機関の機械音。

街全体に油っぽい雰囲気がある。

そんな街を小一時間歩き、ようやく王城に到着した。

王城は近づけば近づくほど巨大で、正門前までくれば、見上げるほどのそそり立つ壁が空を覆っている。

「お、門が開いたみたいだぞ」

相変わらず列の前方は少ししか見えない。隊列の比較的後方に位置する俺は、隣を歩くミレディに伝えた。

無表情な頷《うなず》きのみ返ってくる。いつものミレディだ。

隊列の先頭で何が起こっているのかわからない。背伸びをしたり、列の横から顔を覗《のぞ》かせたりするが、先頭の騎士隊員が王城の門兵と何やらやりとりをしているのが少し見えただけだった。

王城の中に通されると、まず目に入るのは、その無機質な内装だった。石造り丸出しのゴツゴツとした壁や床。窓から日光が差し込むのがせめてもの救い。まるで大きな牢屋《ろうや》みたいだ。

通された部屋はかなり広かったが、面積の割に風除室のような役割しかないようで、さらに奥へ案内される。

ここで、この隊列を案内しているのが王城の人間だとわかった。

「なんだか不気味だね……」

「ああ、念の為、俺から離れるなよミレディ」

「う、うん……」

王城は物静かで、薄暗い。

使用人や王城の関係者らしき人影はあるが、それぞれの存在感は希薄で、余計に不気味である。

エアスリルの和気あいあいとした明るい雰囲気の王城とは大違いだ。

冷たく無機質な雰囲気が、王城の中に漂っている。

「随分と歩くけどまだ着かないのか……」

俺たちを案内する王城の人間は、通路を右へ曲がったり左へ曲がったり。まるで俺たちを迷路の中へと誘い込んでいるようだ。

ノクトアが警戒し始めた。

その警戒心は、真っ先に俺たち騎士隊以外の人間に伝播《でんぱ》し、すかさず俺は騎士隊長のランドに警戒を促した。

「おい、この城、なんか変だぞ」

「ああ、我々も薄々感じている。王城の通路を覚えられないように案内している……」

「わかってるなら何で行動を起こさないんだよ」

囁《ささや》き声だが、精一杯語気を強める。

「少し落ち着け」

ランドに口を手で押さえられ、やや頭が冷える。

「ご、ごめん……」

「道筋は特隊のラズが記憶している。通路はこちらで記録するから安心してくれていい」

特隊……特別騎士隊のことだ。

騎士隊は本来、属性魔法使いのみで構成されているが、それをネブリーナが決まり事を改正し、無属性魔法使いでも騎士隊に入隊できるようにと働きかけ、結果的に立ち上がったのが特別騎士隊だった。

その中でもラズという隊員は、俺が精霊をやっている時に会ったことのある若い女性隊員で、なかなかの切れ者であった。

俺も何度か彼女の策にハマったことがある。記憶力が良いのも当然に頷《うなず》ける話だ。

「助かるよ。もしもの時は頼んだ」

「ああ。この国の出方がわからない以上、こちらも派手なことはできないが、向こうの出方次第ではいつでも対応できるようにはしてある。アスラ君も充分に注意してくれ」

「わ、わかった……」

不気味な国だ。

その最たる者が、国王のブラッドベリー。

いったいどんなやつなんだ？

この王国民に他国の騎士団の入国を周知することすら行わない変な国王だ。ネブリーナが過激な性格をしていれば、とっくに揉《も》め事になっていてもおかしくはない。

何を企んでいるのやら。

会って確かめるしかないが、はてさて鬼が出るか蛇が出るか……。

またしばらく歩いて、辿り着いたのは、やはりと言うべきなのか、国王と顔を合わせるための謁見の間だった。

「姫様、大丈夫ですか」

騎士隊長のランドが、列の先頭を歩くネブリーナに言葉を掛ける。

「ええ、問題ありません……」

気丈に振る舞ってはいるが、他国の国王、それも今後の魔王軍討伐の進退に関わってくる重要人物に会うとなると、ネブリーナと言えど気を揉《も》むのだろうか。

「行ってまいります」

謁見の間に行くのは、ネブリーナとランドを含め、必要最低限の騎士隊員たちだった。

いざ、謁見の間に入ろうと扉に手を掛けたところ――。

「お待ちください」

ここまで案内した男が俺たちを制止した。

「?」

もちろんネブリーナは困惑していた。それもそのはず。これまでの王族同士の顔合わせのしきたりと全く異なるのだ。

「この先は無属性魔法使いの方のみの謁見となります」

ん？

突如、自分に白羽の矢が立ち、俺も困惑する。

「なぜですか。エアスリルの代表者は私ですよ」

さすがはネブリーナ。俺を庇《かば》ってくれる。

それに他国の国王との顔合わせという大事な場に、礼儀知らずの俺は向いていない。

「それが我が国の決まりだからです」

「……そうですか……」

しかし、ネブリーナは案内の男の一言に一蹴された。

おいおいおい、もっと粘ってくれよ！

「仕方がありません。特隊のラズ、そしてアスラに行ってもらいましょう」

呼ばれてビクッとする。

一方、ラズは謁見の間の扉前に早々と待機して、堂々としていた。

「ほら、アスラも早く」

また呼ばれた。

「ど、どどどどどど、どうしよぅ……っ」

混乱のあまり、ミレディにピグ〇ットのような動揺っぷりを見せてしまう。

「どうって……今のところは謁見するしかないかな……？」

「そ、そんな……苦手なんだよ、こういうかしこまったの」

「？　アスラなら大丈夫だよ」

至極当然のように言われて、俺は渋々と謁見の間の扉前まで行き、ラズの隣に立つ。

ミレディ、もう少し心配してくれると思ったんだけど、俺への信頼度が高過ぎてむしろ安心されている……。

「いいですか、アスラ。基本的にはラズが話します。貴方は何も言わなくて大丈夫です」

そしてネブリーナが、これでもかというくらいに念を押す。

「わかっ―――」

「―――しゃべらない！　貴方は聞かれた時だけ話せばいいんです。いいですね？」

うんうんうん。

俺は口を閉ざしてただ頷《うなず》く。

わかってるって、そう返事することも許されなかった。

「よろしい。ではラズ、お願いね」

「かしこまりました」

俺の横で特隊のラズが返事する。

背が低く華奢《きゃしゃ》で、顔立ちも幼い。まるで子供みたいだ。金髪のツインテールが、その印象をさらに強めている。

謁見の間の扉は、見上げるほど高い天井に応じて巨大だった。象でも通れるくらいだ。

扉を見上げていると、それは仰々しく開かれた。

ラズが一歩前へ出たので、それに倣《なら》って俺も足を踏み出すと、すぐに扉は閉められる。

バタン！

「私に合わせなさいね」

ラズに小声で言われ、俺はラズの歩幅に必死に合わせて隣を歩いた。

扉の向こうのみんなから遠ざかっていく……ああ、ミレディ、俺は不安だ。

謁見の間は、エアスリルの王城のものと広さが同じくらい。とにかく大きな空間だった。しかし、エアスリルとは違い、謁見の間には人がほとんどおらず、がらんとしていた。それに薄暗くてジメジメしている。

国王と顔を合わせるまでどれほど歩かせるのか。

遠くの豆粒ほどの大きさだった国王が、ようやく顔の見える位置まで来た。

くすんだ赤色をした髪を後ろへ流した鋭い眼光のこの男が、イングレータ王国国王のブラッドベリーか。

なるほど、好戦的な面構えをしている。

立ち止まると、ラズがすぐにひざまずいたので、俺も急いで真似をした。

「よく来たな、エアスリルの者たちよ。歓迎するぞ」

ブラッドベリーが言う。あの薄ら寒い雰囲気を出しておきながら、歓迎とはよく言えたものだ。

思ったよりドスの効いた声だ。迫力がある。

それと、こういうのは目上の人に声を掛けられるまで喋《しゃべ》っちゃいけないんだっけか？

「お目に掛かれて恐悦至極でございます。ネブリーナ姫もここに来られたことをお喜びになられています」

ラズは頭を下げたまま、外行きの口調で申し上げた。

ブラッドベリーは手に持ったワイングラスに酒を注《つ》ぎ、それを口に含むと、嚥下音《えんげおん》をちゅぱ、と鳴らした。

「長い船旅だったろう。今夜は我が城でくつろいでいくと良い」

下品な王様だな……。

手に持ったワイングラスを揺らす姿が、鏡面のように磨き上げられた石の床に映っていた。

「ありがたきお言葉……しかし恐れながら私たちは先を急ぐ旅の最中。このまま魔大陸へ――」

「――ダメだ」

「――っ」

ラズの言葉をブラッドベリーが遮る。

下を向いたまま横目で見ると、ラズは渋い顔をしていた。

「今夜はここで休んでいけ。聞こえなかったのか？」

「は……、いえ……この上ないご厚意、感謝いたします」

「ああ。明日、魔大陸への入り口を教えてやろう。それまでは城の者にもてなしをさせる」

「ありがとうございます」

ラズはかしこまって礼を言う。

しかしこの国王偉そうだな……なんか無理矢理ここに泊まらせようとするし。

「ん？」

だけどやっとここから出られる……そう思っていると、ブラッドベリーが玉座から降りて俺の前へやって来た。

「？」

俺は目の前に立つブラッドベリーの靴を見て疑問符を浮かべた。隣のラズに目をやると、難しい顔をしている。

どうしたらいいんだ、ラズ、何か指示をくれ……。

「おいお前、俺がこの城に泊まらせてやると言っているんだ」

？　ありがとうって言ってほしいのか？　もしかしてコイツ……。

「恐れながらブラッドベリー国王、この者には口を出すなと――」

「――うるさいな、ガキは黙ってろ」

「ガ――ッ？　……申し訳ありません」

子供扱いされると必ずキレるラズが我慢した……。珍しいこともあるものだ。しかし、ここはそうやってやり過ごすのが最も優先され、そして賢明だということだ。

「おい、お前だお前。話せないこたぁないよな？」

「……はい」

聞かれたら喋《しゃべ》っていいって約束だ。

「立て」

「はい」

言われるがままに立ち上がる。

ブラッドベリーは思ったより小柄で、俺の目線の位置に頭頂部があった。

「このブラッドベリー様が、城を貸してやると言ったんだ。話す許可はなくとも、感謝の言葉がつい口を突いて出るのが普通だろ？」

「あ、はい。ありがとうございます」

えらっそうにコイツ……チビのくせに。

「おい、ちょっと待て、お前どこ見て礼を言っている？」

「どこって……頭」

「お前……まさか俺を見下しているのか？」

「いやいや、身長差があるんだから当然そうなっちゃうでしょ」

「ぉぉぉおおお前！　敬語はどこに行った！　敬語は！」

「あ、やっべ。はい、ここにありました、見つけました敬語」

「貴様……まさかとは思うが俺を馬鹿にしているのか？」

隣のラズが冷や汗を床に垂らす音が聞こえる。が、彼女はブラッドベリーに更なる失礼を働くまいとじっとしていた。

「まさか！　そんな！　チビだからって馬鹿にするなんてことは――」

「貴様ぁああああ！　言ってはならないことをぉぉぉッ！」

……この人ラズに似てるな。

キレ方とか特に。

「落ち着いて！　落ち着いてください！　国王様！」

「俺は人に見下されるのが大嫌いなんだ！　覚えておけ！　それに礼儀もだ！　……まったく、属性魔法使いの国で育った無属性も無属性で人を馬鹿にするのか……信じられんな

「……」

「なるほど……」

思わず口が滑った。今度はわざとじゃない。あ、いや、これまでのもわざとじゃないんだけども、これは不可抗力だ。

「何がなるほどなんだ……？」

また頭に血が昇ってそうだなぁ、ブラッドベリー国王。

黙っとこうかな。

「話せ。俺が許す……」

「あ、いや、特に大したことじゃないんだけど、なんでここに無属性魔法使いしか呼ばなかったのか納得したからさ……あ、納得したので」

「ふん、お前に納得されてたまるか……この国の民は……」

「この国の民は、ほとんどが無属性。精霊と契約することでしか属性魔法を使えない」

だからか……。

属性魔法使いを謁見の間に入れない理由。王国民に俺たちの来訪を知らせない理由。見下されるのが嫌いな理由。

それぞれのピースが寸分の狂いなくかっちりはまるのがわかった。

「ブラッドベリーさんも無属性なんだよね？」

「……ああ」

敬語を忘れていたが、ブラッドベリーも彼は彼で指摘するのが面倒という顔をして続けた。

「他国は属性魔法使い至上主義の世界と価値観だ。この国は別の方法で発展しなければいつか他国に飲み込まれる。火力、水力、風力で物を動かし、街を発展させてきた。そして無属性でも、神級精霊と契約できる……俺のように！」

街を埋め尽くすほどの歯車は、他国へのアピールだったのか、それとも動力を街中に張り巡らせる都合上たまたまそうなったのか、わからないが、ブラッドベリーはチビで偉そうだけど、国のことは一応考えているみたいだった。

人に見下されるのが嫌と言うだけはある。

属性魔法使いを極端に毛嫌いし、顔を合わせないように徹しているみたいだ。

属性魔法使いに散々馬鹿にされてきた過去が窺《うかが》える。それは無属性魔法使いの誰しも経験することだ。特別なことではない。

今でこそネブリーナがエアスリル内の無属性魔法使い差別を撤廃しようと尽力し、そういう風潮は限りなく少なくなったが、国民のほとんどが無属性魔法使いで構成されるイングレータでは、過去に属性魔法使いに見下されたブラッドベリーの価値観が染み付いているのだ。

この王城の極端な大きさも、そのコンプレックスの裏返しだろう。

ブラッドベリーは言いたいことを言って満足したのか、玉座に戻る。

「おいガキ、そのうつけに敬語を教えておけ。夜は食事でもてなそう。それまでは好きに過ごせ」

「ガッ――――!? は、はい……大変申し訳ありませんでした。失礼いたします」

ガキという言葉にちゃんと反応し、ちゃんとキレそうになるが、ちゃんと我慢するラズ。

俺たちは恭《うやうや》しく礼をした後、謁見の間を後にした。

◇◆◇

「ラズ、どうでしたか? ブラッドベリー国王は?」

「どうもこうもないですよ姫様ぁ～!」

「と言うと?」

「コイツが! 全部コイツが邪魔したんです姫様ぁ!」

謁見の間での俺の失態を、まるで小学校の先生に言いつけるかのようにラズはネブリーナに訴えた。

「邪魔なもんか！　立派な情報収集だ！　お前こそ適当な返事をするから出発が明日に延びちゃったじゃないか！」

「やめなさい、ラズもアスラも。今の短い会話でも不安が積み上がっていることに驚きですが、まずはどんな会話をして何が起こったのか、説明してください」

俺は精霊だった二年間のことを思い出した。その二年間の生活の中でラズ、お前にされた仕打ちは忘れないぞ。

俺のことをハメるのはこれで二度目だな……！

内心怒りを膨《ふく》らませながら、俺はネブリーナに説明した。もちろんラズも説明するが、さすが騎士隊と言ったところだろうか、自分本位な説明ではなく、ちゃんとした報告をしていた。

俺たちエアスリルの人間は、王城の一角にある大部屋をまずは与えられ、そこで各自の部屋が用意されるのを待機することとなった。

そこで説明を終えるとネブリーナは、いの一番にため息をつく。

「はぁ、勝手に今日はここに泊まることになってしまったんですね……ブラッドベリー……仮にも国王である人間がそこまで勝手な人だとは思いませんでした」

「す、すみません、姫様……」

「ラズ、あなたには断りようがありませんでした。今日のところはここに泊まりましょう」

「やーいやーい、怒られてやんの！」

「うっさいっ！」

「やめなさい、二人とも。それではまるで幼い子供じゃないですか」

「こ……ど、も……っ……ですってぇ？」

「おいラズ、ここは子供扱いされてキレるとこじゃない」

「アスラもアスラです！　ブラッドベリーが何を企んでいるかわからないのに、相手の神経を逆撫《さかな》でするようなことをして！　ブラッドベリーの気が変わって魔大陸へ行けなくなったらどうするんですか！」

「……力ずくで協力させる」

「そんなことできっ——なくもないですか、アスラなら……。ともあれ、平和的に事を進めたいのです。好戦的なブラッドベリーがいつ戦おうと言い出すかわかりません。明日の出発までは気を抜かないでください」

「はい！」

「はぁーい」

ラズ、俺の順に返事をする。

「ブラッドベリーも国交を結ぶ国同士ということで受け入れていますが、話から察するに、余程私たち属性魔法使いを忌《い》み嫌《きら》っているようですね」

「ええ、国民のほとんどが無属性魔法使い……属性魔法は精霊と契約することで獲得しているようです。もちろん、ブラッドベリーも……」

「完全な無属性魔法使い至上主義社会……ブラッドベリー帝国じゃん」

「そうですね、アスラの言う通り……イングレータでブラッドベリーと対面するのは、ラズとアスラに限定しましょう。……でも！　今度はちゃんとした振る舞いをしてくださいね……？」

ネブリーナは、特にアスラ、と言うかのように俺を見据えて念を押す。

わかってるよ、今度はちゃんと敬語使うよ。

と言うか、さっき立てって言ったのはブラッドベリーの方だ。俺は言われるがままに立ち上がっただけなのに、あいつが勝手にチビだから見下ろされただの何だのと理不尽な文句をつけてきたのだ。

こんなの気を付けようがない……まぁ確かに？　チビだなぁって、背は小さいのに態度はでけぇなぁって思ってヤツのツムジを眺めていたのは認めるよ。

でもだからってなぁ……？

文句を言っても詮ないことだから言わないけどさ。大人だから。俺ってば大人だから。

その後、ネブリーナは必要最低限の警備だけ自分につけ、残りの部隊やメンバーを解散させた。

王城の使用人が、それぞれの部屋を用意し、案内してくれる。

ネブリーナには大部屋が用意され、そこに泊まるようだ。騎士隊長のランドを含め、数人の騎士隊員をつけるとのこと。

ヴィカたち後方支援を役割とするメンバーと魔法学園から参加したメンバーには、その人数に合わせた広さの部屋を。

冒険者の参加メンバーは二つに分けられて、コールソンは恋人のマリーと一部屋、ゴルドーとルバーシに一部屋という割り当てになっているらしい。

俺とミレディ、コーラスも一部屋与えられた。

「こちらになります。お手洗い、浴場は各部屋にございます。御用の際は部屋前の呼び鈴を鳴らしてください」

使用人の女は、随分な愛想だった、というのは皮肉で、いかにも事務的に案内していますよという感じが前面に出ていて、いっそ清々しかった。

簡単に言うと、冷たい。

この王城の建物にしてもそうだ。

外観は四角いだけのまるで大きな石のブロックみたいだ。内装も俺のイメージする王城とはかけ離れて無機質。王城の人間も含め、全体的に冷たい印象……。

しかしそんなことは気にせず、コーラスはいの一番に部屋の中へ入り、ベッドにダイブする。

「私が一番ですね！　このベッドを頂きます」

部屋の中も、部屋の外の廊下と何ら変わらず石造りの石がむき出しになった部屋にベッドが三つ置かれているだけの質素な部屋だった。

しかし、各部屋にトイレと風呂があるのはありがたい。機能面で優れているのがわかる。

「コーラス、楽しそうだな」

「当たり前です。私は何百年も山頂で一人過ごしていたのです。外の世界を見られて楽しくないわけがありません」

「半年もツァイオンでベッドで寝る生活をしていたじゃないか。珍しくも何ともないだろう?」

「ここは初めての大陸、初めての国なのですよ?　環境が異なるというのは、それだけで楽しいものです」

そう言えば、コーラスはイングレータへ向かう船の中でも、海が物珍しかったようで、甲板でずっと海を眺めていた。そのまま甲板の上で眠ってしまうことも何度かあったくらいだ。

「さぁ、お二人も早くしないとベッドを私に取られてしまいますよ。窓際のベッドはどちらが使いますか？」

部屋は縦長で、部屋の扉の近くにトイレと浴室があり、その奥にベッドが横向きに並んでいた。

コーラスは手前のベッドの上ですでにゴロゴロしている。

「……っ」

早速、ミレディが窓際のベッドに腰掛けようとしたが、何かに思い至ったように、ベッドからお尻を離し、瞬時に立ち上がる。

「？」

どうしたんだろう。

ミレディは一瞬、腰を掛けたベッドから立ち上がったまま固まってしまう。

俺はミレディの顔の赤みに気付き、何に思い至ったのか見当がついた。

「どうしたのですか、ミレ……まさか、まさか……もしかして船に乗っている最中に契りを交わしたのですか!?」

コーラスに早くも図星を突かれた。行為のことを契りって言う人初めて見た気がする。

普段からミレディって無表情なんだけど、彼女の苦手な分野、特に性に関することに限って、彼女は予想外の展開に弱い。

つまり、絶対バレる……。

ミレディのとった反応は、顔を真っ赤にして黙り込むという最悪手だった。

「……船で、でしたか……予想外でした。絶対に初夜は覗《のぞ》こうと思っていたのに……まさかすでに船で済ませていたとは……」

コイツ……何を心に決めていたんだ。

ロマンス好きだとは思っていたが、これはロマンスでも何でもない、ただの覗きじゃねえか。

むしろ最初が船内でよかった。図らずもコーラスの虚をついたことで覗きを未然に防げた。

「気持ち悪いからやめて」

ミレディが至極真っ当なことを言う。

「良いではありませんか。愛し合う男女がお互いの肉体と肉体を求め合う……！　こんなに美しい愛は他にありません。言わば愛の終着点……しかしその終着点は終わりではありません。より洗練された真実の愛の始まりとなるのです。女が男の珍棒を求め、男が女の――」

「やめろやめろ！　やーめーろー！」

どうしてそう次々とまるでマシンガンのように十八禁の言葉が出てくるんだ。

コイツ本当に精霊なのか？

この低俗さで神級が名乗れるのか？

この世の摂理に対して大いに疑問を抱く。

「精霊の猥談《わいだん》なんて誰も聞きたくないんだよ！」

「せっかくこれから良いところなのに……まぁいいでしょう」

「何がいいでしょう、だ」

「私は姫様のいる大部屋で寝ます。ですから今夜もしっぽり……もとい、ゆっくりお二人でお過ごしください」

こ、の、キモオヤジ精霊がぁ……！

「頼むからもう一室借りてそこで寝てくれ。大部屋にコーラスだけで行けば絶対に勘繰られる」

「今夜契りを交わすことは否定しないんですね？」

「あ……」

「図星ですか？」

「いや…………ち、違うよ？　そのつもりはないんだけど、もし、万が一、そういうことが起こったらいけないなぁ、と思って……アハハハ！」

自分でも驚くくらい乾いた笑いが出た。

コイツのことだ。たとえ今夜俺たちが普通に寝ていても、致していると想像を膨《ふく》らませるに違いない……！

「ていうか俺たち魔王軍討伐っていう一世一代の大仕事に来ているのに、なんて会話してんだ！」

「なんて会話とは聞き捨てなりませんね！　いいですか？　性というのはお互いの生命の根源たる――」

「だぁーからやめろって！」

この精霊……ネタのテンドンも使いこなすのかよ！

こやつ、できる……！

「とにかく、コーラスが寝る場所はここでもいいけど、もし別で寝るって言うならネブリーナの大部屋に行くのは勘弁してください、お願いします」

「急に低姿勢ですね。大部屋に行っても別に誰も何も思いやしませんよ。恋人同士なんですから、する時はするんです」

なんだ、妙に達観しているな……。

「そういうものなの？」

ミレディが話に食いついた。

珍しい……。

「そういうものです。もし何か察したとしても、何も知らない顔でいつも通り接するのが大人なんですよ。うんうん」

自分で説得し、自分で納得するコーラス。

恋人同士の二人を旅に同行させるならそれは最低限のマナーというものです、コーラスはそう締めくくって、別の部屋へ移った。

結局、大部屋かどうなのかは聞かず仕舞いだ。

しかしコーラスの言う通り、俺とミレディの関係について、外野に気を使うのは生きづらいし、周りの目を気にするのは何よりミレディに失礼な気がした。

深く考えるのはやめよう……。

コールソンとマリーだって恋人同士というだけで一部屋に泊まるらしいし。もちろんそのことを誰も問題視しない。

そういうことだ。

俺とミレディはフード付きのマントを一旦脱いで、楽な格好になる。

部屋の奥の窓を開けて外を見ると、王都の街が広がっていた。大きな円状になった街は、至る所で巨大な歯車が動いており、機械音や金属音のオーケストラのようだった。

　王城は、王都の中心から少し離れた丘の上に建っているようで、街を一望できる代わりに、王城には近づきにくい雰囲気がある。

　日は少し水平線側に傾いており、俺たちが乗って来た船の奥に隠れようとしていた。

　こうして夕陽を見ていると、遠いところに来た実感が湧いてくる。

「いい眺めだね」

「ああ、背の高い王城みたいだからな。ブラッドベリーの身長が低いコンプレックスの裏返しなんだ、きっと」

「そんなに低かったの？」

「ああ、ミレディより低かった」

「アスラも私より低いよ？」

「それは俺が精霊でいたから成長が止まってただけだからいいの！」

「小さいアスラ、かわいいよ……？」

「かわいくないって」

　他愛のない話をしていると、部屋の扉がノックされた。

「お食事の準備が整いました。会場へご案内いたします」

　部屋の外にいたのは、使用人の女だった。

　俺とミレディはそのままの格好で部屋を出て、使用人の後をついて行く。

廊下を歩いていると、部屋からは騎士隊員や俺が誘ったメンバーたちがぞろぞろと出てきて、使用人たちに案内されていた。

「使用人か……いったい何人いるんだ」

向かいの部屋から出てきたのはクシャトリアとアルタイルだった。

「必要なだけだろ……王城にいるってことはこれみんな無属性なんだろうな」

かく言う俺たちも使用人を後方支援部隊として連れて来ている。

メイドのソフィとユフィ姉妹、それにヴィカだ。二人はノクトアたちと同じ船に乗ってイングレータに入港したはず……きっとメイドの三人もジュリアと一緒に今後の計画でも練っていたんだろう。

俺はクシャトリアに相槌《あいづち》を打ちつつ、謁見の間でのやりとりを思い出す。

「ていうかクシャトリアお前も無属性じゃん。なんで謁見の間に入るの俺とラズに任せたんだよ？」

「ふん、バカだなお前は。バカアスラだ」

「んだと」

「私が他国の国王と顔合わせをして無礼を働かないと思うか？」

「…………」

物凄い説得力だった。

確かにプライドが高く礼儀知らずで、沸点の低いクシャトリアなら、相手が国王だろうと頭を下げることすらしないだろう。

礼儀知らずなのは俺も同じなんだけど、クシャトリアならブラッドベリーに面と向かってチビと言ってそうだから怖い。

「最初から特隊の娘一人で行かせればよかったんだ」

クシャトリアは悪態をつきつつも、しかし大食いな彼女はこれからの夕食に心躍らせているのが表情ですぐにわかった。

「嬉しそうですね」

「わかるか？」

ほれ見ろ。アルタイルに図星を突かれても隠そうともしない。食欲にだけは素直なやつだ。

食事の会場は、謁見の間と同等の広さの部屋が用意されていた。

会場の壁には出窓があり、外からは綺麗《きれい》な夕陽が差し込んでいる。

しかし内装はやはり質素なものだ。大きな空間というだけで石造りの石が丸見えになっており、全体的に暗い。夕陽がせめてもの救いだ。

会場の奥にある少し高い壇になった場所では、ブラッドベリーが仰々しい椅子《いす》に座っている。

かなり変な話だが、イングレータとエアスリルの両国の代表者が顔を合わせるのは、食事の会場が初めてとなる。普通ならネブリーナがキレていいところなんだろうが、彼女の目的はあくまで魔大陸への進軍。

堪えてくれていた。

「初めまして、エアスリル王国から来ましたネブリーナ＝エアスリルと申します。挨拶《あいさつ》が遅れて申し訳ありません」

早速ネブリーナはブラッドベリーに挨拶をしていた。皮肉もたっぷりだ。

「エアスリルの姫か。本来は謁見の間で挨拶をすべきなんだろうが、すまんな、謁見の間への入室は無属性のみと国で決めていてな」

「承知しております。郷に入れば郷に従えですわ」

「理解があって助かる。俺はブラッドベリーだ。この国を治めている。今夜はゆっくりと城で休息を取るといい」

「ご協力に感謝いたします。明日のことですが、事前の取り決め通り……」

「ああ、言われなくてもわかっている。魔大陸の入り口だろう。明日ちゃんと案内すると言っているだろ」

「失礼しました」

「いい、いい。今は美味い食事と酒を楽しめ」

ネブリーナは終始落ち着いた様子で話していたのが聞こえた。

ブラッドベリーは一国の姫に対してもタメ口で、椅子《いす》から立ち上がろうともしない。

その点、ネブリーナはずっと冷静で落ち着いた口調で話していた。

まあ国王と他国の姫の間柄だから間違っていないのかもしれないが、初対面の人としてどうよ。ブラッドベリーには人の礼儀をとやかく言われたくはなかったな。

会場に決まった席はなく、立食形式。たくさんの円卓が設けられており、円卓には色とりどりの料理が置かれていた。

使用人や料理人により、料理は次々と会場に運び込まれ、円卓も増えていく。

会場の隅に休憩用の椅子がいくつか並べられて、そこにネブリーナが座ると、入れ替わるように次はブラッドベリーが壇上で立ち上がった。

「ちっさ」

「ははーん、壇上で話すのは低身長を隠すためですか」

「おいー、聞こえるって！」

俺の隣でジュリアとヴィカが容赦なく陰口を叩く。

「全員グラスを持ってくれ。さぁ、エアスリル王国騎士隊の諸君。今日はよく集まってくれた」

そんなことは露知らず、ブラッドベリーは飲み物の入ったワイングラスを片手に話し始めた。乾杯の挨拶《あいさつ》のようだ。

「この国のルールに理解を示してくれたことにも感謝する……。今日は旅の疲れをゆっくりと癒してくれ。乾杯」

プライドが高い人間だ。喋《しゃべ》りたがりかと思えば、挨拶もほどほどに乾杯の音頭をとり、酒を一気にあおった。

俺も手に持ったグラスのワインをクイッといこうとする……が、しかし、グラスを口につける直前でミレディにグラスを取り上げられてしまう。

「ミレディ……」

「アスラはこっち。お酒弱いんだから今日は控えて……」

俺の持っていたグラスのワインは、代わりにミレディが飲み、俺は彼女に手渡されたグラス……いやコップだ。コップの中の飲み物を分析した。

「オレンジジュースだよ」

「オレンジジュース？　立食会場でオレンジジュース？　やだよ。ミレディとお酒飲みたいよ」

「……あ、じゃあ……いや、ううん……でもダメだよ。この王城とブラッドベリーって怪しいんでしょ。いざっていう時に動けないと大変」

あれ？

意外と押せばいけそうだぞ？

繁華街のナンパ師同然のセリフを心中で思い浮かべている自分の顔がオレンジジュースの水面に映っていた。

このまま押せばお酒許してくれるかも。

「でもミレディと飲みたいなぁ。二人でそういう時間過ごしたいなぁ」

「ダメだってば。お酒飲んだらアスラすぐに潰れちゃうじゃない」

ミレディは頑《かたく》なだった。

しかしまぁ、順当に考えれば優先すべきはミレディやネブリーナの安全。俺は酒に呑《の》まれるタイプだから、一度潰れたらとことん弱る。気絶するように眠るし、いつも二日酔いになる。そんなのでミレディと過ごせるのか……それに俺が今酒で潰れたら夜は絶対に動けない自信がある。

「わかった……」

俺はミレディから渡されたオレンジジュースを一口飲んだ。オレンジジュースに罪はないし、オレンジは好きだ。良いじゃないか、オレンジジュース。

「いい子だね」

またミレディは俺を子供扱いして……なぜ頭を撫《な》でる。まるで久々に会った親戚の子を甘やかすかのような甘ったるいお姉さんの表情をしている。

「本当に付き合ってんのね、ところ構わずイチャイチャしちゃってまぁ」

そこに現れたのはロジェだった。

エアスリル魔法学園の制服を着ている。魔法学園から派遣されたということになっているロジェや、ミレディの兄貴のノクトア、冒険者チームとも繋《つな》がりのあるセラとネビキス、同学年だったイヴァンやジムの六人は、魔法学園の制服で魔王軍討伐に参加しようと服装を事前に決めていたと聞いた。

「イチャイチャはしてないだろ」

「それより、アスラちゃん、アンタ船で吐いてばっかいたんだって？」

「は？　誰から聞いたんだよ。そんなに広まってんの？」

「アンタに声掛けられて参加したメンバーの中じゃ周知の事実よ」

「そ、そんなに……？　そんなに広まるような話題か？」

「みんな面白がってるだけでしょ。アスラちゃんって完全無欠の無敵って印象が強いから、そういうダメな一面が余計に話題になるのよ」

「そんな超イケメンの最強超人だなんて……そんな……」

「そうは言ってないでしょ」

「俺ってそんなイメージある？」

ミレディに話を振ってみるも、首肯が最初に返って来た。

「私はアスラの他の顔も知ってるからそこまでじゃないけど、普段のアスラを知らない人たちからしたら、ロジェ君の言う通りなのかも……」

「そうなのかなぁ……」

ロジェと同様、俺と同学年のイヴァンやジム、それにノクトアは俺との距離がやたらと近いから、良いとして、セラやネビキスは俺の強い面しか知らないのだろうか？

会場を見回してみると、イヴァンとジムはテーブルに並べられた料理を自分の皿にたっぷりと移し、次はどれを食べようと興奮気味に食事を楽しんでいた。

ノクトアは広場の隅の椅子《いす》に座り、ソフィにお酌してもらいながら、酒と少量の料理をつまんでいる。

セラとネビキスは……面識のある冒険者の四人、コールソンやマリー、ゴルドーにルバーシとも絡みながら食事を楽しんでいた。

「そういうもんかなぁ」

「そうよ。この旅で色んな人と接して、色んな話をしなさいな。きっとアスラ＝トワイライトは戦いが強いだけの人間じゃないってわかってもらえるわよ」

ロジェにしてはなかなか良いことを言い残して、料理を取りに行った。

しかし、余計なお世話だよ、と悪態をつこうとしたその時だった。

後ろから声を掛けられる。

「驚いた、こんなに綺麗《きれい》な女性が我が城に来てくれていただなんて」

気付けば、ブラッドベリーが壇上から降りて来ていた。

相変わらず小さい。ブラッドベリーがチビ過ぎて視界に入らない、どこにいるんだ？とからかってやればよかった。

「我が城へようこそ。歓迎しよう。俺はこの国を治めているブラッドベリーだ。ぜひ君の名前も聞かせてほしい、美しい人よ」

なぜなら、ブラッドベリーの視線はミレディィに釘付《くぎづ》けになっていたからだ。俺たちと話す時と態度や表情、声色さえ違うじゃねぇか。態度が違い過ぎてまるで別人だ。誰だコイツ。

ミレディィは俺より背が少しだけ高い。

無論、ブラッドベリーを見下ろす構図になっているが、ブラッドベリーはミレディィを口説き落とすことしか頭にないようで、俺と話した時のように見下すな、馬鹿にするな、と怒鳴らない。

かっ！　一国の王様がこれか！　猿かよ！

ミレディィ、嫌なら言ってやってくれ。あなたより素敵でハンサムで背が高い恋人がいますって。コイツに変な希望を持たせてやるな、可哀想だ。

「初めまして、エアスリル王国から魔王軍討伐に参加しています、ミレディィ＝ふぉ……ミレディと申します」

　フォンタリウスとはもう名乗らないんだな……ミレディは丁寧な所作でお辞儀をして返答した…………って、なんで名乗り返すのさ！　無視して、こんなヤツ！　無視しないにしても、ほら言って、恋人がいるって！

「ミレディというのか、君にぴったりの綺麗な名前だ。どうだ、今から二人になれる場所で飲まないか？　今日は満月も綺麗なことだし、俺のプライベートテラスに行こうじゃないか」

　ブラッドベリーはあろうことか、俺の前で俺の恋人であるミレディを口説きやがった。ただのナンパだこんなの。いい度胸してやがる。

　ミレディの手を取るつもりで、ブラッドベリーは手を差し出していた。

「いいえ。せっかくのお誘いですが……」

　が、さすがはミレディ。これ以上は断った。彼女はブラッドベリーの手を押し返す。

「それはいったい……なぜ……」

　まーっはははは！　カバめ！　断られるとは露ほども思っていなかったようだな！　お前はただの噛《か》ませ犬なんだよブラッドベリー。吠え面かきやがれってんだ。

「私には恋人がいますので」

「それはまた……幸運な殿方がいるようだな。でもそれは君の祖国での話だろう？　ここイングレータではそんなの誰も気にしない」

こここここ、コイツ！　俺の目の前でミレディに浮気をそそのかしているのか!?　信じられない、ああ、信じられないさ！

俺は今にも眼圧で破裂しそうな目をミレディに向けると、彼女は少しだけ俺に微笑んでみせ、ブラッドベリーに返答する。

「いいえ。私が彼にしか興味がないのです」

「な、なんと……純心な人なんだな。しかし俺はこの国にある全てを俺の思い通りにする男だ。この国にいる間は君も……ってさっきから貴様は何を見ている？」

ミレディに釘付《くぎづ》けだったブラッドベリーが、ようやく俺の視線に気が付いたようだ。怒りで膨張しきった俺の眼球はさぞ血走っていることだろう。

「いけない……」

会場の隅に座っていたネブリーナが、俺たちの異変を察し、席を立つのが視界の端に見えた。

でも少しだけ気付くのが遅かったな。ここから先、俺はこの男に容赦できそうにない。

「自分の女が他の男に浮気するよう声を掛けられているのを見過ごす男がこの国にはいるのか？　驚きだなぁ」

「貴様ッ、謁見の間にいたやつか！　この国で俺に敬語を使わないのはお前くらいだぞ、その方が驚きだ！　それに言うに事欠いて自分の女だと？　このミレディが？　バカも休み休み言え！」

「バカはお前だ！　パニックベリーかピクニックベリーか知らないけど、正真正銘ミレディは俺の恋人なんだよ！」

「ブラッドだ！　ブラッドベリー！　ミレディ、この男は哀れだと思わないか？　元々君のことが好きだったのかは知らねぇが、俺という男が現れてこの慌てようだ……本人の前でありもしない嘘までついて……醜い男だぜお前は」

「本当ですよ」

「言ってやってくれないかミレディ、いかに同国の同志と言えど、醜い嘘はやめなさいってな」

ブラッドベリーが反応する暇がないくらい、ミレディはさらっとカミングアウトした。

ミレディの声は分速一メートルなのかと錯覚するほどの間を置いてから、ブラッドベリーの表情が変わる。

「…………ん？　よく聞き取れなかったミレディ。悪いがもう一度言ってくれるか？」

「彼……アスラが言っていることは本当ですよ。私は彼とお付き合いしています」

「…………んだと？」

ブラッドベリーの口説き用の笑顔に血管が浮き出て、雰囲気が一変する。

「女ァ……てめぇまで俺を馬鹿にするのか？　属性魔法使いの分際でェ……ッ！」

「ちょっとちょっと、何をしているんですか！」

ブラッドベリーの堪忍袋の緒が切れたところで、駆けつけたネブリーナが割って入る。

「エアスリルのお姫様、邪魔してくれるな……俺ァ今こいつらに馬鹿にされて気が立ってんだ……！」

「馬鹿にされたって、自分から勝手に馬鹿を演じてるだけだろう？」

「アスラ！　あれほど態度に気を付けろと言ったところですよ！」

「ネブリーナ、こんな王様にヘコヘコすることない。ただの自分勝手な子供だ。自国民は同じ無属性魔法使いだから多少気を使ってるのかもしれないけど、コイツの他国に対する態度マジで終わってるよ。ミレディを口説いて上手くいかなくて、自分の思い通りにならないと癇癪《かんしゃく》起こして喚《わめ》き散らしてるまさに子供だ」

身長が子供なら中身も子供だ。

「いいいい、言いたい放題言ってくれるじゃねぇか……！」

ブラッドベリーは怒りに声が震えている。対して、俺は冷静でいられた。相手が怒り狂えば狂うほど、頭はクールダウンし、落ち着きを取り戻せた。

何よりミレディの前だ。俺まで喚き散らし始めたら目も当てられないじゃないか。

ブラッドベリーは俺に人差し指を至近距離で突きつけて、言い放った。

「この際だ、どっちが上かはっきりさせようじゃねぇか！　俺も元々てめぇらの国が気に入らなかったんだ！　属性持ちばっかりで俺たちの街を歩き回りやがって……魔大陸だ？　行きたきゃ勝手に行きやがれ！　行き方も教えてやるさ！　何なら魔大陸の入り口まで荷物持ちしながら案内もしてやる！」

ブラッドベリーの言葉は尻上がりに怒気が含まれ、段々ヒートアップする。その波の最高潮のところで、一旦言葉を切った。

そして呼吸を整えてから続きを言う。

「ただし、俺に勝てたらな……！」

何とも格好の良いことで。

結局、戦闘狂なだけじゃないか。

ジュリアの前情報の通りだ。自分の周りに手合わせできる強者がいないものだから、力が有り余って仕方がないという情報……どうやら本当のようだ。

「知っているぞ。お前たち別の大陸から来る軍隊は三つの王国の連合軍らしいな……それぞれの国に神級精霊との契約者がいて、そいつらを主戦力にしているそうじゃねぇか」

「どこでその情報を……？」

ブラッドベリーを訝《いぶか》しげに見ながら、ネブリーナが尋ねた。

「情報集めしてたのはお互い様ってわけだ。テメェらエアスリルの神級精霊の契約者を出せ。俺に勝てたら全面的に協力してやる。勝てなくても魔大陸への行き方は教える。俺が上だってことを証明できりゃ何でもいい……こんなに良い条件なかなかねぇぞ？」

ネブリーナは、「はぁ」と重いため息をついてから額に手の平を当てて、会場の天井を仰いだ。

「こうなりそうな気がしていました……」

「じゃあ話は早ぇ。テメェらも俺のこと調べてんだろ？　ならわかるよな？」

戦いに飢えてるということだ。

腕試しをしたくて仕方がないのだ。

他の神級精霊に会って戦ったことがないからに違いない。

「わかりました……もうあとはあなたに任せます。私は魔大陸の入り口がわかればなんでもいい……頼みましたよ、ミレディ」

ネブリーナは大層面倒くさそうにミレディに託して、その場を離れた。

彼女は彼女で、ミレディと俺の実力を認めてくれているはず。だから、ブラッドベリーが噂通りの戦闘狂で、最終的に戦うことになっても、魔大陸へ行ければ過程は何でも良いのだ。

最悪、俺が力ずくでブラッドベリーに魔大陸の入り口を聞き出すと息巻いた時も、否定はしなかった。

ネブリーナは穏便に事が済めば楽だという思想なだけ。間違っちゃいない。ブラッドベリーがおかしいのだ。そしてブラッドベリーから売られた喧嘩《けんか》を買う俺たちも。

ネブリーナの今後の枷《かせ》にならないよう、俺たちとブラッドベリーの戦いはあくまで個人的な出来事に留めてやる。

「ミレディだぁ？　まさかお前がエアスリルの主戦力かよ。女が主戦力？　ハッ、世も末だなオイ。男の前でズタボロにしてやる」

コイツ……フラれた瞬間に手の平返しやがって……。

しかし、ミレディが蔑まれている……気が付くと、俺はブラッドベリーの胸ぐらを掴《つか》んでいた。

その光景に、さすがに周囲はギョッとしたのか固唾《かたず》を呑《の》んで眺めていた。

「やってみろよ、ドサンピン国王」

「お前は最初から最後まで癇《かん》に障るやつだ。俺が戦うのはこの女だ。お前は引っ込んでろ」

「俺は彼女の契約精霊だ。俺も相手してやるって言ってんだよ」

「はぁ？　お前は人間だろうが」

「今はな。でも俺は精霊でもある」

「馬鹿馬鹿しい。そんな与太話聞いたことすらないわ」

「俺は無属性の神級精霊だから何が起こるかわからないぞ。お楽しみができて良かったな？」

「無属性の神級精霊だぁ？　そんなのいるわけがない、精霊には必ず属性がある。そんなことも知らないのかエアスリルは」

「ここにいるんだから仕方ねえだろ」

「はっ、そんな嘘、すぐにわかることだ。決闘は明日。明るいうちがいい。朝食を済ませてからだな。そうだなァ、場所は……王城の北側に開けた丘がある。そこに精霊を連れて来い」

ものの見事にブラッドベリーと決闘する流れに誘導された。

ブラッドベリーは明日が楽しみでならないという喜びと、俺への怒りが混ざったような表情で、この場を去った。

「ごめん、ミレディ……」

「……どうして？」

「ミレディが馬鹿にされて、売り言葉に買い言葉になって……決闘するハメに……」

「私が罵《ののし》られて、アスラは怒ってくれたんでしょ？　それだけで私は決闘することになっても、お釣りがもらえた気分だよ」

会場は、一時剣呑《けんのん》な空気になったが、ブラッドベリーが会場を去ってからは、食事が始まった時と同じような賑《にぎ》わいが戻っていた。

そんな中で、野にひっそりと咲くようなミレディの微笑みを、俺だけが見ている。

「ミレディ……ありがとう……」

礼を言うのは照れくさかった。

しかし、こんなに脳裏に刻まれる光景は他にない。

明日の決闘のことなど、忘れてしまったかのように、俺とミレディは食事を楽しみ、しっかり睡眠をとり、次の日を迎えた。

◇◆◇

初めての土地、初めての部屋、初めてのベッドだと言うのに、存外よく眠れた。

ベッドが異常に心地良く、質の良い睡眠ができたのだと思う。

窓の外がまあまあ明るい。

日が昇ってから時間が経っていた。

隣を見ると、ミレディが静かに寝息を立てている。

起こさないようにそっと起き上がったつもりが、少しの衣擦れの音でミレディはパッチリと目を開けた。

「……おはよう」

後に起きたのに先に言われた。

「おはよう」

ミレディはこれっぽちも眠そうな顔を見せず、気持ちの良いくらいいつも通りの調子で起き上がると、ベッドを整えてから顔を洗いに行った。

ミレディが顔を洗っている間、俺は洗面所とはセパレートで設置されているトイレに向かう。

便座に座り、用を足しながら今日のブラッドベリー戦の流れを考えていた。

まず大前提として、ミレディと俺はおそらく、いや、たぶんブラッドベリーに勝つだろう。

ブラッドベリー自身の力の過大評価、そして属性魔法使いを蔑視していることも相まって、俺たちへの過小評価は明らかだ。

油断しているに違いない。

そして奴は無属性魔法使いだ。

無属性魔法がどんな魔法であれ、奴は昨日、精霊と契約して魔法をやっと使える、と俺に話していた。

つまり、ブラッドベリーはそもそも無属性魔法を使うつもりはなく、徹頭徹尾、神級精霊の力を頼りにして戦うことが予想される。

火の神級精霊だと言っていた。

名前は確か……。

………まぁいい。

対して、ミレディの神級精霊コーラスは水属性だ。こちらが有利と考えて間違いはないはず。

しかしブラッドベリーと同様、俺たちにとってもこれは慢心である。必要以上にブラッドベリーを恐れる必要はないが、理性的な判断の範疇《はんちゅう》を超えた分析は、油断や慢心と呼ばれるものに成り変わる。

このことはミレディやコーラスには伝えず、あくまで俺一人の考えに留めておくべきだと思って、俺はトイレの水を流し、手を洗ってトイレを出た。

ミレディと入れ替わり洗面所で顔を洗い、服に着替えていると、部屋の扉がノックされる。

「おはようございます。朝食の準備ができました」

使用人の女だった。

扉を開けずに廊下から声を掛けてくれている。

ミレディと部屋を出ると、すでにコーラスも廊下に待機していた。

「おはようございます」

「おはよ」

「おーっす、結局どこで寝たの？」

「別部屋を用意してもらいましたよ……アスラ、その様子だと昨夜は契りを交わしませんでしたね？」

「っ!?」

なぜわかった……？　そんなに顔に出ているか？

じゃなくて！

「何でいちいち夜の様子をお前に報告しなきゃいけないんだよ」

なんて話題で朝を迎えているんだ、この精霊は。

頭の中そのことしかないのか？

ミレディも赤面を隠すために俯《うつむ》いてるし。

「よいではないですか」

「お前昨日は何も言わずに普段通りにするのが大人とかどうとか言ってなかったけ？」

「私は大人の対応はしませんので」

　なんという屁理屈。

　性事情に興味あり過ぎてちょっと引くレベルだぞ、これ。

　俺たちは下らない話をしながら、使用人の案内のもと、食事会場へ向かった。

　会場は相変わらず広い。会場の一角に円卓が一つ用意されており、使用人にはそこを勧められた。

　席に着くと、パンやスープ、ハムに卵……朝食にぴったりなメニューが並べられていく。

　会場には使用人の他に、俺たち以外の人の姿はなかった。

「アスラの作ったというビーフシチューが食べてみたいですね」

「船で作ったやつ？」

「はい！　美味しいと聞きましたよ」

「あんなのいつでも作ってやるさ」

「それは楽しみですね」

　いや、これから魔大陸に向かう。

　魔大陸の状況によって、のんびりビーフシチューが作れるかどうかは大きく変わってくる。

安請け合いするべきじゃなかったか……。

「それにしても俺たち気抜け過ぎじゃない？」

「確かに」

「そうだね……特に緊張するようなことでもないけど」

コーラスもミレディも緊張の二文字はどこかに落っことして来たようだ。

「ブラッドベリーは神級精霊の契約者だけど……アスラがいれば多分負けないよ……」

ミレディが冷静な分析のもと、そう言う。これは決して、身内贔屓《びいき》ではないはずだ。

おそらくその根拠は俺と同じ考えにある。

「魔大陸に行けば魔人が多くいるはずだ。魔人の使う魔法は全て極致魔法。神級精霊と契約した人間の魔法も極致魔法になるって言うし、俺たちの力がどこまで通じるのか試してみようぜ。たぶん奴《やっこ》さんも力比べのつもりだ」

ブラッドベリーはブラッドベリーで、せっかく神級精霊と契約したというのに、その力を出し切る場がなくて鬱憤《うっぷん》が溜《た》まっているはず。

俺たち神級精霊との契約者が魔大陸に行くためにイングレータを経由する今は、ブラッドベリーが腕試しをする絶好のタイミングなのだ。

自分の力が、他の神級精霊の契約者にどれだけ通ずるのか、知りたいはず。

「まあ気楽にいきましょうよ。力んでもいいことありませんよ」

涼しい表情で、コーラスは朝食を口に運びながら言った。

しかしコーラスの言う通りである。

力むあまり、空回りしては目も当てられない。

俺たちは普段通りの調子で朝食を終えた。

ブラッドベリーは、朝食の後に王城の北にある丘に来いと言っていた。

いよいよである。

緊張しないわけじゃないが、ブラッドベリーの強さがどれくらいのものなのか、興味を持っている自分に気付いた。

ブラッドベリーのことを戦闘狂とは言えないな……。

食事を終えると、使用人の女に、馬車まで案内された。

今日、ここまでの間、ネブリーナやクシャトリアたちの姿が見えないことに、何か作為的なものを感じる。

あくまでミレディとその契約精霊だけで来いってことなのか。

タイマンか……。

戦う気満々……というか、俺たちに勝つ気満々なのも癪《しゃく》だ。

相手はミレディとコーラスだぜ？

この半年、ギルドの仕事をこなしている姿をたくさんこの目で見てきた。

もう俺が手伝わずとも、どんな魔物だって軽く蹴散《けち》らせるほど強くなっていたし、俺を守りながら、俺に気遣いながら戦う余裕すらミレディにはあった。

俺が精霊になっていた時期に、ミレディが鎧化《アムド》した俺を装着した際にも思ったが、戦闘中のミレディは感情の起伏がなく、常に冷静沈着である。

良い意味で興奮していない。

常に頭を回し、戦闘を有利に進められるように考える力が備わっている。

要は、戦いのセンスが良いのだ。

あんな大人しそうな女の子の顔して、物凄いギャップだと思う。

しかし、ブラッドベリーはそんなミレディとコーラスに勝つつもりでいるのだ。

この喧嘩《けんか》、買う理由はいくらでもあるが、およそ十年前、俺がフォンタリウスの屋敷を出てから強くなるために努力してきたミレディを愚弄することだけは俺のチンケなプライドが許さなかった。

俺のミレディを安く見るたぁいい度胸だ。

ブラッドベリーが負けて半べそかいてる姿が楽しみである。

だから、むしろ俺は嬉々として用意された馬車に乗った。

馬車は一路、王城の北にある広大な丘を目指している。

王城から数十分馬車を進めたところにある、その丘は、何とも見晴らしの良い野原が広がっていた。

森の中に大きな丘が突如現れるような形で広がっていて、少し高度があることから、森の向こうに海が少し見える。

天気は快晴。

気持ちの良い場所だ。

「早かったな」

そしてその丘の中心に、ブラッドベリーはいた。

ブラッドベリーの隣には人の背丈ほどある大きな猿が佇《たたず》んでいる。

「こやつらがお前さんが言うとった相手か。まだ子供じゃあないか」

「猿が喋《しゃべ》った！」

「誰が猿じゃ！　……なるほど、お前の言う通り随分と舐めた態度のやつが一人おるの……じゃが用心せいよ。あのガキが一番厄介じゃ」

老人のお手本のような口調で猿は話す。

猿と言っても、ニホンザルのようなものではなく、白い毛並みの猿で、額には金の装飾があるが、そこから小さな炎が常にゆらゆらと揺れている。

「あれが火の神級精霊『レクトル』ですね」

「そういうお前さんは水の神級精霊じゃな……」

「はい、コーラスといいます。初めまして」

「こちらこそ初めましてじゃ。精霊としては随分と若いのに神級とは。恐れ入るわい」

「はい、まだ三、四百年ほどですが、本日は胸をお借りします」

「胸を借りる？　そんな物騒な男連れて来といて、よく言うわ　おいそっちの、名前は？」

不老不死の精霊の中にも一応年齢みたいな概念はあるのか……人間の寿命の価値観とは一桁二桁違うみたいだけど。

コーラスのおかげで、敵の火属性の神級精霊の名前を思い出した。

そう、レクトルだ……。

長い時間、精霊として生き過ぎて、暇を持て余した挙げ句、人間に力を貸してみるという酔狂な考えをする老人のようだ。見た目は猿だけど、話し方が仙人っぽい。

「アスラ＝トワイライト。よろしく」

「アスラ……？　人間みたいな名前だな」

「今は人間だよ」

「はぁ？　今は？　おぬしの体の中には溢《あふ》れんばかりの大量の霊基《れいき》が巡っておるぞ。それのどこが人なものか。神級精霊だと名乗っておるようなもんじゃ」

「無属性魔法の神級精霊なんだ。少し変わっててんのさ」

「無属性……？　精霊には必ず属性があるはず……しかし霊基を使えることを考えると……」

レクトルは難しい顔をして首を傾げる。

ブラッドベリーといい、無属性の精霊を認めない連中はみんなこうなのか。

「問答はもういいよ。早く終わらせようよ……私たちだって暇じゃないんだから」

「……？」

意外にも、ミレディの口から挑発的な言葉が出た。

もしかして、ちょっと怒ってる……？

「ほほぉ、人間の小娘が言いよるわい」

「女ァ、俺様の誘いを断った上に俺たちを暇人扱いか……その根性だけは認めてやるが、すぐにへし折ってやる」

言うが早いか、レクトルは霊基武器に変身した。

大猿の姿は瞬く間に炎に包まれ、瞬時に炎が収まったかと思えば、火の粉を散らしながら姿を見せたのは、巨大な大筒だった。

太鼓のように太い頭身は、赤く熱を帯び、人の胴ほどの大きさがある。

慣れた手つきで素早く大筒を肩に担いだブラッドベリーは、何の躊躇《ためら》いもなく弾を放つ。

「死ね」

咄嗟《とっさ》のことで正確な反応はできなかったが、俺は霊基《れいき》武器の鎖鎌《くさりがま》を生み出して手に持ち、弾の起動が変わるように僅かに鎖鎌を当てた。

俺たちから軌道を逸らした弾は、俺たちの後方で地面に着弾する。

ボゥンッ！

しかし着弾した瞬間、大きな爆発を起こして地面が爆《は》ぜた。

爆風が激しく俺たちの背中を押す。

「あっぶねぇ。ホントに民を守る王様かよ」

「ほんの挨拶《あいさつ》代わりだ。次は当てるぜ」

ブラッドベリー……こんな至近距離であの高火力の大筒をぶっ放すなんて、イカれてやがる……。

これじゃあ勝った負けたの話じゃない。

少しでもあの弾に当たればすぐにお陀仏だ。

俺はコーラスと示し合わせて、俺は霊基装備ワーストユニオンを、コーラスは霊基武器の指輪になってミレディの指にはめられた。

ワーストユニオンだけは幸先が良いようで、アタリを引き当てる。

ワーストユニオンは、発動時にアタリ、ハズレ、大ハズレの振り分けがあり、アタリと

ハズレなら充分に戦える能力があるが、大ハズレを引き当てた場合、身に纏《まと》うとたちまち大量に魔力を消費するバニーガール衣装になるだけ、という戦う能力の何ひとつない状態になる。

三分の二を引き当て続ければいいのだが、いつ三分の一ある大ハズレが巡ってきてもおかしくはない。

今この瞬間、ちゃんとアタリを引き当てられただけで、この戦いの幸先は良いと言える。

「ハッ、それがテメェの霊基《れいき》武器か！　黒髪のヤロウ、ほんとに霊基になりやがったぜ！　神級精霊を二体同時に相手するのは初めてだ！　楽しませてくれよ！」

再びブラッドベリーが大筒を構えたので、ミレディは咄嗟《とっさ》に距離を取った。

◇◆◇

〈ブラッドベリー〉

奴らは一度俺との距離を取りやがった……。

こっちの手の内を探ってやがるのか、距離を置けばレクトルの霊基武器の射程から外れたとでも思ってんのか……。

まぁいい。

久々に極上の相手だ。

特にあの黒髪のガキ……霊基武器の絶妙な当て具合で俺の弾の弾道を変えやがった。

見えてる……？

いや、そう考えて臨むに越したこたぁねぇ。

「油断するなよ、ブラッドベリー。水の神級精霊も中々のものじゃ。それに加えて無属性の神級精霊という前代未聞の存在までおる……全部見た気でおったが、まったく世の中は広いのォ」

「レクトル、オメェが注意喚起たぁ珍しいな」

「それだけ脅威ということよ……見ろ、霊基武器の鎖鎌《くさりがま》はそのままで、鎧《よろい》にも化けて契約者を守っておる」

「守るか……そう言やぁ、アイツら恋人同士とか言ってやがったな……」

「精霊と人間が？　ふぉほほ、良き世の中になったものじゃわい」

レクトルのやつ……いつになく上機嫌……いや、昂《たかぶ》ってんのか？

こいつも久々の強敵を相手にして楽しんでやがるのがわかった。

俺もこいつもガキかよ。

「うぉおおおい！　何やってんの？　おしっこ行きたいなら待つよー！」

はぁッ？

「ふぉほほ、面白いガキじゃわい」

ふざけんなよ……ここまで舐められたのは初めてだ！

「小便じゃねぇえええ！」

「えー？　なんてー？　なんて言ったのー？」

「だから小便じゃねぇってッ！」

「んー？」

「だから小便じゃ……！　って、あのヤロウ……殺してやる……ッ！」

「怒るなブラッドベリー。おぬしの悪い癖じゃ。すぐに頭に血が昇る。これまでは力技でどうにかなってきたが、今回ばかりはそうもいかんぞい」

「止めてくれんなよレクトル……！　俺は今、アイツを狩りてぇんだ！」

「ただの恨み辛みで戦うなと普段から言っておるのに……」

レクトルになんと言われようと、俺は俺の思うままにあの女と黒髪のガキと水の精霊を潰す！

とにかく奴らに痛手を！

俺は霊基《れいき》武器の大筒を肩で構えると、照準も合わせず、とにかく初動を優先して弾を放つ。

ドンッ！

弾が当たらずとも近くに着弾すればいい。

爆風で三人もろともぶっ飛べ！

このままなら直撃コースだ……！

俺の勝ちを確信した瞬間だった。

ボゥン！

しかし、奴らに着弾する直前で、弾が爆《は》ぜた……？

「……ああ？」

「なんじゃ……あのドームは……？」

いや、違う。

レクトルが放った弾は、半透明のドーム状の膜のようなものに当たり、弾道が逸れやがったんだ……。

「けほっ！」

しかし弾道は逸れたものの、女の近くに着弾し、女は爆風に巻き込まれていた。

咳き込んじゃってまあ……熱された空気を吸い込んで喉が焼けたんだ！

へっ！　白い肌が煤《すす》だらけじゃねぇか！　情けねぇ！

なんの魔法かは知らねぇが、弱っちい盾を出したところで俺とレクトルの火力が幾分勝ったようだな……！

直撃するはずだった弾道が、女の足元に逸れただけのこと……。

勝てる！　勝てるぞ……ッ！

◇◆◇

〈アスラ〉

これは数十秒前のことだ。

先手は向こうだった。

ブラッドベリーから攻撃を仕掛けてくる。

俺はワーストユニオンで鎧《よろい》に、コーラスは霊基《れいき》武器の指輪になり、ミレディがそれらを身に纏《まと》う。

ブラッドベリーが大筒を再び構えたので、ミレディが瞬時に後退すると、俺の身体強化の能力が補助し、一気に数十メートルの距離が開いた。

ブラッドベリーはしばらくその場で動かない。こちらの動向を探っているのだろうか。

何やら霊基になったレクトルと話しているようだが……作戦会議のつもりだろうか。

だとしたらそうはさせない。

茶々入れてやる。

「うぉおおい！　何やってんの？　おしっこ行きたいなら待つよー！」

「小便じゃ……ええええ！」

「えー？　なんてー？　なんて言ったのー？」

「だから小便じゃ……って！」

「んー？」

「だから小便……！　って、……、殺してやる……ッ！」

何か怒っているようだけど、遠くて何を言っているのかわからなかったが、最後の殺意のこもった言葉だけはちゃんと聞こえた。

おー、こわ。

ブラッドベリーは怒りを露《あら》わにするや否や、大筒を構える間もなく弾を撃ってきた。

「まじかよ……っ！」

なんて射撃だ。

照準を合わせる暇もなく撃つだなんて。

しかしあの高火力だ。

当たらずとも大体の位置に命中すれば、その火力範囲にいる対象にまでダメージを負わせることはできる。

あの大筒の弾を、当てる必要はないのだ。

俺は咄嗟《とっさ》に魔障壁《ましょうへき》を展開し、ミレディを守ろうとした。

紙一重の差である。

レクトルの大筒からブラッドベリーが放った弾は、そのまま進めばミレディに直撃していたであろう弾道を描きつつも、俺の魔障壁に阻まれた。

と、思われた。

バシュッ！

なんと、大筒の弾は魔障壁を掻《か》き消し、貫通したではないか……！

しかし弾道は逸れ、ミレディへの直撃は避けられた。

ボゥンッ！

が、極めて近くに着弾したため、爆風をモロに食らう。

「けほっ！」

なんという熱風。

高火力の爆風は大気を燃やし、ミレディは喉をやられた。

「く……ッ！　コーラス、治癒魔法を……！」

「わかっています……ッ」

鎧《よろい》と化した俺は、指輪の霊基《れいき》武器と化したコーラスに指示するが、そんな間もなく、コーラスは水属性の極致魔法をもってミレディの喉を癒した。

「大丈夫ですか！　ミレディ！」

「な、なんどか……けほっ、けほっ」

「ごめん、ミレディ……っ」

「ううん、大丈夫だから……けほ、けほっ、……極致魔法には魔障壁が効かないんだね……」

ミレディは息苦しそうに、痩せ我慢をする。

ああ、ミレディ……。

喉が焼けているんだぞ？　気道熱傷だぞ？

大丈夫なわけないじゃん……。

ミレディのせっかくの綺麗《きれい》な肌が煤《すす》だらけになってしまっているではないか。

くそ、俺のせいだ。

しかし、最初に極致魔法が魔障壁より上位の魔法だと知ることができた。

魔障壁では極致魔法を無効化できない。この情報は魔大陸で魔人たちや魔王と戦う時にきっと役立つ。

そして、無効化できないとわかったからには、対策の打ちようはある。

俺は魔障壁に頼り過ぎていたんだ。

でも、だからと言ってミレディの喉を焼いていい理由にはならねぇ。もう許さねぇぞ、ブラッドベリー。

俺の……いいや、俺たち三人の全身全霊のチームワークをもってして、アイツに吠え面かかせてやる……！

爆発の煙で俺たちが隠れられている間に、作戦をミレディとコーラスに手短に伝えた。

ここからは逆転劇だ。

俺たちの勝利しかありえない。

まず、コーラスに霊基《れいき》武器を解除してもらい、俺の鎧化《アムド》はそのまま、ミレディは瞬時に俺の身体強化の影響とミレディの跳躍により、爆煙は一気に晴れる。

飛び上がった。

ブラッドベリーはコーラスを視界に捉えると、再び大筒を放った。

ボゥン！

本来は大筒の的になるのは一番強度の高い俺の役目なんだろうが、今ここでミレディとのワーストユニオンで引き当てたアタリの鎧《よろい》を解除するのは得策ではなかった。もう一度ワーストユニオンをしても、アタリを引き当てられるとは限らないのだ。

しかしそんなことは杞憂《きゆう》だとでも言うかのように、コーラスは氷の壁を生み出し、それを盾にした。

氷の壁は粉々に砕けたが、大筒の弾の影響はコーラスには及ばず、威力は相殺しているようだ。

「さすがだな……」

一方で上空に飛び上がったミレディと俺は、今の大筒の弾に干渉しようとしたが、それができないことを確認した。

理由は二つ。

まず一つ目は、大筒は通常、鉄や鉛といった金属を弾に使うことから、磁力操作による干渉を考えた。

しかし、レクトルの大筒は爆発する火球を発射しているようで、弾自体に実体はないようだ。

二つ目に、魔法複製の能力の対象になるかどうかを確かめた。アルタイルの魔法であるイミテーションを俺は受け継いでおり、一度見た魔法を複製することができた。

が、しかしこれも失敗。

そもそも神級精霊の霊基武器から放たれる魔法は、イミテーションの対象外だったようだ。

神級精霊契約者が使う極致魔法や、霊基武器による魔法は、魔障壁《ましょうへき》で防いだり、魔法複製することができない。

だから極致魔法なんだ……。

でもこれで、今使えるカードがようやく見えてきた。

ミレディの飛び上がった勢いが失速し、滑空を始めた時に、俺は自覚した。

神級精霊とその契約者相手に小細工は通じないんだ。

こっちも高火力の力技でゴリ押しするか……もしくはこうやって――――！

ガギン！

――不意打ちするかだ！

「なにっ!?」

ミレディは滑空した勢いをそのままに、俺の霊基武器《れいき》である鎖鎌《くさりがま》に付いてある分銅を、磁力操作によりブラッドベリーの大筒に叩き込んだ。

ブラッドベリーは死角からの攻撃でレクトルの大筒を落とし、さらに綺麗《きれい》に着地したミレディに脇腹を蹴《け》り上げられる。

ドス！

「うぐっ！」

俺の身体強化の能力で、ミレディの女性らしい体格ではありえない膂力《りょりょく》でブラッドベリーは軽く飛ばされた。

ゴロゴロ！

丘の上に投げ出されたブラッドベリーは地面を転げる。

「言わんこっちゃない！」

レクトルは素早く大猿から元の大筒へと姿を戻して、ブラッドベリーに駆け寄った。

ミレディに蹴り上げられた腹を押さえて立ち上がるブラッドベリーを、ミレディは冷たい視線で見つめている。

「あなた、アスラのこと散々馬鹿にしてたでしょ……魔大陸のことがあるから見逃していたけど、もう許さないから……」

と、ついにはミレディから怒りの言葉を引き出すまでに……！

ミレディにここまで恨まれるやつも中々いない……って言うか怒ってくれるのは嬉しいんだけど、どこか過保護の雰囲気があって俺としては少し恥ずかしかったりもする。

「はっ、女に守られてやがるのか！」

ほら見ろ。

馬鹿にされたじゃないか。

立ち上がったブラッドベリーは、レクトルを再び霊基武器の大筒に変えたかと思いきや、今度は向こうがミレディから距離を取って後退した。

ミレディとブラッドベリー。

二人の間には丘に流れる静かな風が通り抜けていた。

静寂も束の間、次はブラッドベリーが高く飛び上がった。

ボンッ！

「うぉわっ！」

思わず俺は目で追った。

ただの跳躍じゃない。

ブラッドベリーは手の平を地面に向けたかと思えば、跳躍とともに手の平から炎をジェット噴射し、ロケットのごとく高く飛び上がったではないか。

太陽を背に大筒を肩に構えると、こちらに向けて連続で弾を撃ってきた。

ドン！　ドン！　ドン！

三発……！

着弾までに時間は少しだけある。

コーラスは……さっきの位置からこっちに向かっている……！

「上等だよ……ミレディ、あの三発に分銅を当てられるか？」

「やってみる……」

「俺もサポートする。分銅を使って空中で起爆させたら、俺の言う通りに動くんだ」

「う、うん……」

◇◆◇

〈ブラッドベリー〉

「雑魚が……」

「油断するなと言っとろうが」

まさか極致魔法まで使わされる羽目になるとはな……。

レクトルの霊基《れいき》武器だけで済むと思ったんだが。

しかし空中戦ならこっちのものだ。

俺は火の極致魔法で空中に飛び上がり、霊基武器の弾を放った。

見たところ奴らの魔法や霊基武器は接近戦に頼りきっている。

治癒魔法に特化した水の神級精霊とそれに伴う極致魔法。黒髪のガキの無属性魔法はおそらく身体強化……高《たか》が知れているぜ。

神級精霊の力をいくら掛け合わせようとも、戦闘に不向きな能力ばかりでは意味がねえ。

が、レクトルにも今しがた油断するなと釘《くぎ》を刺されたところだ。

「ああ、確かにあの女の蹴《け》りは効いたぜ……」

さぁ、奴らがどう出るか……。

俺は定期的に火の極致魔法で炎を噴射して高度を維持しつつ、奴らの動きを注視する。
が、血の気の多い奴らだぜ。
霊基《れいき》武器の鎖鎌《くさりがま》を一振りして、分銅で三発とも叩き落としやがった。
ボゥン！　ボゥン！　ボゥン！
三発分の爆煙が空中で広範囲に広がる。
奴ら……！
手の内を隠してやがったんだ。鎖鎌の鎖の長さは変えられるのか……！
ボン！
「なんだとッ！」
そして女は間髪入れずに、空中に飛び上がってきやがった！
銀髪の女が爆煙の中を切り裂いて飛び上がってくるのに気付くのが遅れた……！
「このクソアマが……ッ！」
さらに霊基武器を構えたが、女の方が早い！
空中で体を捻《ひね》りながら俺の脳天目掛けて蹴《け》りを振り下ろしてきやがった！
ガギィンッ！
くそ！　レクトルの霊基武器で女の蹴りを防ぐのが精一杯だ！
「……ッ！」

ぐぉおお……、この女ァ、なんて脚力してやがる……！

女はそのまま足を振り切り、レクトルの霊基武器を俺から叩き落とすと、重力に引っ張られてそのまま落ちて行った。

はっ、どうやらよっぽどレクトルの霊基武器が怖いらしい！

あいつらに空中を進む能力はねぇ！

またレクトルを拾って空中に戻ればいい！

今度は奴らに火の雨を降らせてやる！

俺は火の極致魔法で滑空、高度を下げようとした……が、その時だった。

落下する女が地上に向かって鎖鎌の鎖を伸ばしているのが目に入った。

「なんだァ？」

が、鎖を目で追うのも束の間。

落下する女は一気に鎖鎌を振り上げ、さらに鎖の長さを縮め始めた。

わかった。

ただで落下する気はないらしい。

落下しながら鎖鎌を振り上げ、下から分銅を俺に当てる気だ。

「そうは行くかよォ！」

迫り来るであろう分銅を視界に捉えようとしたその時だった。

「なに……ッ！」

それに気が付いた時にはすでに遅かった。

迫り来るのは分銅ではない。

「何がそうは行かないのですか？」

水の神級精霊……ッ！

あの女が落下しながら鎖鎌《くさりがま》の分銅をわざわざ地上に降ろしてから振り上げたのは、分銅を俺に当てるためじゃねぇ！

水の神級精霊を俺にぶつけるためだ……ッ！

掴《つか》まらせた分銅ごと引き上げることで水の神級精霊を俺に直撃させせやがった……！

ガギィン……ッ！

「ぐわぁあああッ！」

な……に……っをしやがったァ！

痛みに閉じた目を開けて見ると、右腕が砕け散っていた！

右腕を氷漬けにした上、俺に直撃する衝撃でさらに砕きやがった！

「クソがァあああッ！」

水の神級精霊は舌を口から小さく覗《のぞ》かせ、ウィンクをしながら、手に持った分銅に引っ張られるように、女の落下する方へと滑空して行った。

　くそ、くそ、くそ！

　舐めやがってェえええ！

　俺は身動きが取れなくなり、空中から無様に落下した。

「ブラッドベリー！」

　しかし地上では、また大猿の姿に戻ったレクトルが待ち構えており、落下した俺を受け止めてくれる。

「ぐぉあああ……腕がァ……！」

「く……これは油断が招いたものではない……奴ら、かなりの手練れじゃぞ……」

「わかってる……そのくらい」

　右腕は失ったものの、氷漬けにされたせいで出血はない。冷たさで痛覚が鈍くなっているのか、動けない痛みでもない。

「とにかく体勢を立て直すぞ、レクトル！」

「おう！　じゃがまずは距離を取れ！　わしらの強みは長い射程じゃろうが！」

「ッ、ああ……！」

　俺は左手で炎を噴射し、高速で丘を進んだ。

　左手しか残っていないため、進みながらレクトルの霊基《れいき》武器を担ぐことはもうできない。

レクトルも同じ魔法で俺の横をついて来ていたが……。
後ろを見ると、奴らがもう迫って来ていた。
「やべぇ……！　やべぇよアイツら……ッ！」
油断したとか、相手が強かったとか、そういう次元じゃねぇ！
こっちも神級精霊の霊基《れいき》武器を使ってるんだぜ？
なのに、まるでハエを叩き落とすかのような感覚で俺とレクトルを追い詰めている。
戦い慣れしてやがるんだ……！
身体強化された脚力でどんどん跳躍して距離を詰めて来やがる！
くそ、あの女、甘く見過ぎていた！
火の神級精霊レクトルと契約者した俺が相手だぞ……！
なのに、なのに……！
あの女、強過ぎる……！
俺の心は半分折れかけていた。
距離は縮められるばかりで、追いつかれると悟った俺は炎を逆噴射し、急停止する。
それを見てレクトルも立ち止まり、俺に辿り着かせまいと奴らに突っ込んだ。
「ブラッドベリーには触れさせせんぞぉ！」
レクトルが全身を炎で包むと、周りの草木も自然発火するほどの高温になる。

ボボボボボボ……ッ！

水の神級精霊にレクトルをぶつけてやる！

あの黒髪の野郎は女の鎧《よろい》になってるから、女から離れることはねぇ！

俺一人で女を片付けりゃ勝ち目はある！

レクトルにしたって、タイマンにはめっぽう強い。

まだ勝機はいくらでもあるぜ……！

が、しかし、考えてから動く時間はなさそうだ。女が急接近……いや、上からだ！

「レクトル！」

女がレクトルに迫ると見せかけ、水の神級精霊がレクトルを頭上から強襲した。

「わかっておる！　相手は水属性じゃろうが！　氷でも水でも蒸発させればただの小娘よ……！」

さらにレクトルの全身から熱が吹き出し、熱波が周囲を襲う。

そうだ、レクトルが水の神級精霊さえ無力化すれば、俺とレクトルで女をたっぷり痛めつけることができる……！

この勝負、追い詰めたと思ったお前の方が、実は追い詰められてんのかもしれねぇなァ……！

勝利の兆しが見えてきた。

しかし、水の神級精霊はレクトルの熱に怯《ひる》むどころか、勢いを殺そうともせずに突っ込んだ。

「では蒸発させて頂きましょう……大量の水を一気に蒸発させるとどうなるか……」

水の神級精霊は微《かす》かに笑う。

「……っ？」

何かある……何かあるぞ。

大量の水が蒸発……大量の水蒸気か？

水蒸気を一気に発生させると……。

すんでのところで思い至る。

「レクトル！　駄目だ！」

言った時にはもう遅かった。

ボォオオウンッ！

「か……っは……！」

水の神級精霊は、それはそれは巨大な水玉を出現させ、レクトルを包み込んだ。

レクトルは宣言通りに自分を包み込んだ水を一気に蒸発させようとした。

が、水はレクトルの思惑通りに蒸発し……。

……爆発した…………！

「す、水蒸気爆発……」

もうもうと漂う水蒸気の煙の中にレクトルが倒れる影が見えた。

「レクトル……！」

すぐに駆け寄った。

「あちっ！」

レクトルの全身は熱湯に包まれており、彼の意識はなかった。

精霊が……いや、レクトルが気絶するところを、俺は初めて見た。

「くそ！」

俺はまた奴らと距離を取ろうと、ジェット噴射を駆使し、高速移動した。

近くの森に、何とか潜り込む。

やべぇ……アイツら何なんだよ……！

戦い慣れし過ぎてる……！

こっちの動きに合わせて戦術を立て、思い付きの作戦にも三人で難なく動きを合わせられる連携力……！

やばすぎる。アイツら……。

思わず木の影に隠れた。

くそ、くそ！　この俺様が隠れるだと？

ふざけるなぁ……！
女が森の中を駆ける影が不意に見えた。
「速度が落ちてやがる……？」
へ、アイツ……黒髪のガキめ……。
魔力を使い過ぎて女を身体強化で補助できなくなったってか？
そうだ、魔法使いの戦いとは魔法の技だけじゃねぇ。魔力量がものを言うんだよ……！
あの黒髪のガキは鎧《よろい》になってやがる。女から離れることはありえねぇ……。
魔力切れになった鎧と女にもはや脅威は感じねぇ。警戒すべきは水の神級精霊……。
いや、まずは女を黒髪のガキもろともツブした方が後が楽だ。
女の方を先にやる……！
森の中だ。
鎧がなく身動きのとりやすい俺が有利なはず！
俺は木陰からそっと顔を出して、女の位置を特定した。
長い銀髪がよく目立つ。
男受けするのか？　そうかよ、仇《あだ》になったな！
俺は女の目の前に素早く出る。
「まんまと誘い込まれやがったな……！」

至近距離でジェット噴射を見舞ってやるぜ！

右腕とレクトルの借りを今返してやるよ！

俺は左手を構えて、女に狙いを定めた瞬間。

「なん……だ……？」

嘘だろ……。

女は……銀髪の女は鎧を身につけていなかった……。

代わりに右手の中指に指輪をしていやがる。

こいつ……黒髪のガキの鎧を俺に見えないように解除したってのか？

この時のためだけに執拗《しつよう》に鎧を着たまま攻撃してきたってのか？

銀髪と黒髪のガキが離れることはないと俺に思い込ませることを最初から狙ってたってのか？

俺の視界から外れるために、森の中に敢えて誘い込まれたってのか？

「こいつら……」

俺の頭に初めて敗北の二文字が浮かぶ。

ガキン……！

とりあえず女に魔法を放とうとするも、左手と両足を瞬時に氷漬けにされた。

水の神級精霊の霊基《れいき》武器……その指輪が引き出す極致魔法の氷だ。

わかった。

こいつらの狙いが。

もはや、こうなっては黒髪が俺にトドメを刺すのを待つだけとなった。

そろそろ覚悟を決めるか、と腹をくくった瞬間。

バリィッッッ！

「え……？」

自分でも驚くほど素っ頓狂な声が出た。

稲妻が俺の頬《ほお》を掠《かす》めたのだ。

右頬にヒリヒリと焼けたような痛みがある。

目に見えなかった。

黒髪のガキが女の隣でこちらに手を構えているのが……。

「わかったろ、あんたじゃ俺たちには勝てない」

このガキが持っている無属性魔法は、身体強化の力だけではない……。

恐ろしく速く、稲妻を放ち、無属性の神級精霊になれるガキ。

黒髪のガキと銀髪の女の奇想天外な動きに瞬時に合わせて氷の極致魔法を使う水の神級精霊。

そして、その二人の神級精霊の力を余すところなく引き出すずば抜けたセンスを持つ銀髪の女。

「ま、まいった……」

そう口にした瞬間、緊張の糸が切れ、気を張り過ぎていたのか、気を抜いた瞬間に目眩《めまい》がして、視界が暗転した。

◇◆◇

〈アスラ〉

ブラッドベリーが倒れた。

王様がボロボロじゃないか。

コーラスにやられた右腕がなくなって肩から氷が張り付いている。

「ねぇ、この人まいったって言ったよね？」

「たぶん……」

ミレディは息が全然切れていない。

汗一つかかず、いつもの無表情で涼しい顔をしている。

神級精霊とその契約者との戦いですら、余力がある。

半年も冒険者として生活して、毎日何かと戦っていれば、どんなに綺麗《きれい》で可愛い女の子だってこうも戦いに慣れてしまうのだ。

「私には聞こえませんでしたが……」

コーラスが霊基《れいき》武器の指輪から元の人型に戻る。

「なんで誰も聞いてないんだよ……」

「アスラこそ、なぜ最後は稲妻を外したんですか？」

コーラスにしては珍しく、やや不満のようだ。

「ん、なんで？　気になる？」

「はい……。私、このブラッドベリーとか言う王様は好きではないので」

「だからって……アレをモロに当てたら人間なんて簡単に死んじゃうよ。そういうのは魔大陸でちゃんと使うから。今は俺たちが圧倒的に強者だって記憶に刻めたら俺はそれでいい」

「私も…………」

「ミレディもですか……」

「トドメを刺すわけじゃないけど、もっとこの王様を惨《みじ》めにする方法はあるぞ」

「どんなですか？」

「アスラそういうの考えるの得意だよね」

得意……じゃないよ？

相手を惨めにする方法を考えるのが得意だなんて、性格が悪いと言われているようなものだ。

しかもミレディに言われた。

「んーっと、ミレディとコーラスの極致魔法の治癒魔法でコイツとレクトルを治すんだよ」

「つまり、二人が目を覚ました頃には、自分から挑発した相手に負けたにも関わらずに傷を癒してもらうという屈辱を味わわせたいんですね？」

いきなり要約された。

「ま、まあそんな感じかな……」

間違ってはいない。

と言うか、その通りだ。

客観的に説明されると、改めて俺の考えた方法が外道だと思える。

ともあれ、反対意見は出なかったので、気絶したらしいレクトルをブラッドベリーの隣に運び、ミレディに治癒魔法を施してもらう。

ミレディは治癒魔法のエキスパートだ。

治癒魔法を職にして聖女と名乗って、依頼があれば国中をまわり、病人や怪我人《けがにん》を治していたこともあるくらい。

しかもコーラスのおかげでミレディの治癒魔法が極致魔法にまで昇華されたら、いよいよもってそれは治癒ではなく復元になってくる。

レクトルの身体中の傷はまるで最初からなかったかのように消え、ブラッドベリーの欠損した右腕もみるみるうちに蘇《よみがえ》った。

「ありがとう、ミレディ」

「ううん……」

「こいつらが目覚めたら、早速魔大陸に行く方法を聞き出して、手伝いをさせましょう」

コーラスの強気の姿勢に苦笑いしながら、俺は森の木陰に寝転がり、二人が目覚めるのを待つことにした。

「平和だねぇー」

森の爽《さわ》やかな暖かさが寝転んだ地面から伝わってくる。背の低い草がちょうどいいベッドだ。

木々の隙間を飛び交う小鳥の鳴き声が心地良い。

「こうして外でのんびりしていると魔王のことなど忘れそうになります」

「それな」

二人の治療を終えたミレディが俺のそばに座ったので、俺はおずおずと頭をミレディの方へと持って行き、彼女の太ももの上に置いた。

「平和だねぇー」

「ミレディに膝枕をさせておいて出てくる言葉がそれですか」

コーラスも近くで横になる。

俺とコーラスはそのまま眠ってしまった。

時間にして二時間ほど経った頃。

ブラッドベリーが目覚めた。

「おう、起きたか。大丈夫か？」

俺からブラッドベリーに声を掛けるも、少し混乱しているようだ。

「おい、俺はどうなった……？」

「気絶したんだよ」

「俺様の負けか……」

「敗者のくせに一人称に様つけないでくれる？」

「んだと？」

「おいおい、自分から言ったじゃないか、負けたら何でも言うことを聞く奴隷《どれい》になるって」

「そこまで言ってねぇ！　協力してやるっつったんだよ！」

ちぇ、意識が曖昧《あいまい》なうちに俺たちが有利な約束取り付けようと思ったのに。案外、意識がはっきりするまで早かったみたいだな。

少し遅れてレクトルが意識を取り戻したようだ。

「負けた……か。これほど清々しい負けは初めてじゃわい」

レクトルは気絶する前後の記憶がハッキリしているようで、頭を掻《か》きながら普通に話していた。

「おいガキ、約束は約束だ。魔大陸に行くまで全面的に協力してやる。その代わりテメェらのことを教えろ」

「あれれ？　負けたら協力するって話だけだったのに何で追加で条件付けてんの？　勝った俺たちの方が損じゃない？」

「あぁ？　俺様が教えろっつってんだ。お前は黙って教えりゃいいんだよ」

「黙っててほしいのか教えてほしいのかどっち？」

「こ、こいつ……！」

「冗談だよ。ムキになるなって。俺たちのこと教えてやるから」

ブラッドベリーは不満気な顔をしつつも納得はしたようで、自分で歩いて帰りの馬車まで行くことができるようだ。

レクトルは歩けるまでの回復はできていないようで、ミレディが治癒魔法を施してはいるが、ふらふらしていたので俺が肩を貸す。大きな猿の風体だから人間に肩を貸すのとは少し違い、妙な気分だった。

馬車とその御者は、戦いに巻き込まれないように少し離れたところで待機していた。

馬車に乗り込むと、ブラッドベリーとレクトルの両者は、疲れたようにドサッと雑に腰を下ろす。

「で？　お前らはどこでその力を手に入れたんだ？」

「努力って言ってもらわないと」

「なんでもいい、早く言え」

「まあまあ、俺たち個々は強くはないけど連携を取ろうって決めてるんだ」

「充分個々で強いと思うがのう」

教えを乞う立場のブラッドベリーが横暴なことにはもう慣れた。

レクトルも興味津々の様子……。

まあいい。

城までの道中、俺たちの生い立ちを簡単に話すことにした。

フォンタリウス家で育ったこと。

属性魔法がなく、屋敷を追い出されたこと。

レオナルドたちに育ててもらったこと。

人工精霊と契約していたこと。

ある事件で俺自身が精霊になっていたこと。

城までの数十分、会話には困らなかった。

「そのための精霊化か……合点がいった」

ブラッドベリーのことだからすぐには信じないだろうと思っていたのだが、存外早く納得していた。

「無属性の精霊は自然には生まれん。自然に生まれないのなら人工精霊……。人間の業の深さじゃな……」

レクトルも人工精霊の存在は知らなかったようで、他の大陸にはそんな技術があるのかと驚く反面、人間の欲深さに呆《あき》れていた。

それに反論する人間はここにはいない。

俺も、ミレディも解放軍や人工精霊にはうんざりするほど運命を狂わされたんだ。

馬車が王城に戻ると、ブラッドベリーは一言だけ俺たちにぶつけ、さっさと馬車を降りていった。

「明日、魔大陸の入り口へ案内する。お前たちのお姫様にも伝えとけ」

体力は馬車の中で随分と回復したようで、ブラッドベリーとレクトルは王城の中へ消えて行った。

「何なんだろな、アイツ」

「私はあまり好きにはなれません」

「私も……」

ミレディまで……。

彼女が苦手に思う人間は多くいたとしても、実際に口に出して嫌いと言われた人類はブラッドベリーが初めてなんじゃないのか？

少なくとも俺は初めて聞いた。

解放軍とかミレディの敵だった連中は、そもそも嫌いなわけだし口に出す必要もなかったから除外するとして、その他の関わってきた個人を嫌いと口にするのは初めてだ……。

ミレディには嫌われないようにしないと。

俺たちも馬車から降りて王城に戻ることにした。

王城に戻った俺たちが最初にしたのは、ネブリーナへの結果報告だった。

ネブリーナはクシャトリアとアルタイルの王宮近衛隊をはじめ、騎士隊長ランド、その部下のイートゥー、特隊のラズと一緒に大部屋で昼下がりのティータイムを楽しんでいた。

「やっと帰ってきましたね」

「俺たちが戦っている間にティータイムか。いい身分だな……」

「姫様は王族よ。いい身分に決まってるでしょ」

ネブリーナに吐いた皮肉は、ラズにより打ち返された。

「ミレディ、随分と汚れていますね。それは煤《すす》ですか？」

「はい……少し敵の魔法が当たってしまって……」

「敵って……一応同盟国ですよ、ここ」

「……」

ネブリーナの苦笑いもミレディにとってはどこ吹く風。ミレディは自分が正しいと確信しているからこそ、たとえ王族のネブリーナに正されようとも自分を曲げたりはしない。よく言えば芯がある、悪く言えば頑固だな。

「アスラ君がいるのに攻撃が当たるなんて珍しいな……」

「俺たちが勝った前提で話してくれちゃってるけど、相手は一応このイングレータ一番の魔法使いで神級精霊との契約者だからね。苦戦もするさ」

ランドもランドで俺たちへの信頼度が高過ぎて感覚がズレてしまっている。

「でも、勝ったんでしょう？」

ネブリーナの言う通り、俺たちは勝った。

「さては俺たちが勝つって確信があったから昨日俺たちがブラッドベリーと揉《も》めていても止めなかったのか？」

「止めましたよ？　一応」

「最低限、止めたって言い訳が立つだけの台詞《せりふ》を吐きに来ただけだろ？」

「終わりよければ全てよしです」

「よく言うよ」

「人の考えを全部掘り返すのは悪い癖ですよ、アスラ？」

いや、癖っていうかネブリーナの手の平で上手いこと踊らされてるのが嫌なだけなんだけど？

アスラとミレディなら多少雑に扱っても許してくれるでしょう、私たちの仲ですし、とか考えているのが見え見えなんだよなぁ。

特に今回は。

気に食わないイングレータの国王ブラッドベリーに灸《きゅう》を据えたいが魔大陸へ向かう手助けをしてくれる相手だから強く出られない。

そこで俺たちが、と言うか主に俺がブラッドベリーと一悶着《ひともんちゃく》起こして戦うことになりそうだから、一国の姫としての立場を取り繕うために体裁上は止めに入るが、内心俺たちがブラッドベリーを倒すことを期待していたんだ。

上手いよなぁ。

「いつものことだろ。とりあえず報告は済んだし、ちょっと休ませてもらうぞ」

「はい、先ほど私もブラッドベリー国王から呼び出されましたが、今日は話し合いだけでしょう。出発は明日ですので、ゆっくりしていてください」

「そうさせてもらう」

「お前たち、食事がまだだろう、後で食いに来い」

「先にシャワーだ。汚れを落としたい」

「後でいただきますね」

最後にクシャトリアが昼食を勧めてくれたが、とにかく体の煤《すす》を落としたかった。断りはしたが、代わりにコーラスが伝えてくれる。元人工精霊と水の神級精霊。この魔王軍討伐がなければ巡り合うはずのない取り合わせだが、仲良くしてくれそうでよかった。

クシャトリアとアルタイルは元契約していた人工精霊。コーラスは現契約者のミレディが契約している俺以外のもう一人の精霊。どちらも精霊繋《つな》がりだ。いい関係を築いてくれることほど嬉しいことはない。

俺たちは自室へ戻り、部屋に備え付けのシャワールームで汗と煤を洗い流すことにした。

86話　魔大陸へ

コーラス、ミレディ、俺の順にシャワールームで体を洗い、さっぱりすると、途端に空腹感が襲ってきた。

クシャトリアのやつ、俺たちの昼食残してくれているかな。

あいつは俺の知る中では一番の大食いだ。

目の前に食事があればあるだけ、条件反射で食べてしまう。そういうやつだ。

「お腹空いたね……」

「お姫様の大部屋に戻りましょう。私たちの食事がまだ残っているはずです」

ミレディの言葉に、コーラスが嬉々として大部屋を勧める。

コーラスはミレディと契約するまで、長い間、山頂の湖で一人だったのだ。

誰かと一緒に食事をしたり、色んな人間に会ったり、様々な土地で景色を目に焼き付けたり、きっと今が一番楽しいのだ。

魔王軍討伐と口にしてしまうと、どんよりと薄暗く戦いと血のイメージが先行しがちだが、コーラスにとっては悪いことばかりじゃないらしい。

大部屋に戻ると、騎士隊長ランドの部下であるイートゥーと特別騎士隊のラズしか残っていなかった。

「おかえりなさい」

「おかえり」

イートゥーとラズが先にこちらに気付いた。

「ネブリーナとランドさんは？」

「なんで姫様が呼び捨てで騎士隊長が敬称付きなのよ……」

「慣れっこだろ？」

「はぁ……姫様は王宮近衛隊の二人とブラッドベリー国王と魔大陸へ行くための打ち合わせ中よ。騎士隊長は他の隊員たちと今後の旅程の確認よ」

ラズはため息をつきつつも、丁寧に教えてくれた。

「二人はランドさんと一緒じゃなくていいの？」

これには伊藤……もといイートゥーが答えてくれる。

「私たちはロップイヤー……つまりアスラさんと会った一件以来ね。その頃から作戦や会議に同行させてもらうことが多くなって、自然と一緒に行動するようになってからは常に話せる状態にいるから、あまりまとまった打ち合わせはしないのよ」

特にこの旅ではずっと隣にいるから飽き飽きしちゃう、と冗談も混ぜ込みながらイートゥーは笑う。
ランドとこの二人ってどんな会話するんだろう、とか気にしたことがないと言えば嘘になるけど、共通の話題とかあるのかな。
ランドは中学生くらいのお子さんがいてもおかしくない年齢だけど、イートゥーは二十代半ばくらい、ラズに至ってはまだ十代なんじゃないか？
どんな会話をするんだろう。
イートゥー「ラズそのお弁当可愛いわね」
ラズ「はい、最近食事制限のために自分で食事を用意するようにしていまして」
イートゥー「え？　じゃあこれラズが作ったの？」
ラズ「はい、まだまだ味が伴っていませんが」
イートゥー「でもすごいじゃない、彼氏さんとか喜ぶんじゃゃ？」
ラズ「やめてくださいよぉ、彼氏なんていませんから。そういう先輩だって彼氏さんにお料理振る舞ったりするんじゃないですか？」
イートゥー「やだやだ、いないから。出会いもないんだし」
ラズ「えー、でも先輩絶対モテるけどなぁ」
ランド「やぁやぁ君たちなんの話をしているんだい？」
イートゥー「あ、お疲れ様です……私そろそろ訓練に……（キモ、またセクハラまがいな話されるのマジ勘弁)」

ラズ「あー、待ってくださいよぉ、センパーイ(きも)」

こんなところか。

「あんた……何か物凄く失礼な想像してない?」

「まさか。全然。と、とにかく……その、なんだ、食事を頂こうかな」

「アスラさん、わかりやすいってよく言われない?」

ラズに続いてイートゥーまで。

「そ、そんなことはないけどなぁ……」

尻すぼみになりながらもミレディとコーラスに同意を求めるも、二人は見事に首を横に振った。

なんという連携……。

俺たちの超絶連携がここにきて仇《あだ》となるか。

バツの悪さ天井知らずの雰囲気の中、俺はイートゥーとラズの白い目を見ないようにして大部屋の食卓へ向かった。

食卓には昼に出されたであろう料理が残っていた。まだほんのりと温かい。

俺は鶏肉とスープ、パンに手を付け始める。

間もなくしてミレディとコーラスも食卓に着いた。

「アスラ、さっきは彼女たちに見破られるほど失礼なことを考えていたんですか？」

「騎士隊の三人組って普段どんな会話すんのかなって考えただけ」

コーラスまで。

俺ってそんなに信用ないか。

まあ多少失礼なことは考えていたし否定はしないけど、そんなにわかりやすいか。

そんな感じの顔してたんだろうか。

「俺って顔に出てた？」

「……うん、アスラすっごくわかりやすいよ」

ミレディに言われるとそんな気がしてきた。

これまでミレディは何度も俺の考えを読み、言い当ててきた。

その実績を持つミレディが言うのだ。隠し事や表情には気を付けないといけない。

対して、ミレディは基本的に無表情だから表情から感情を読み取るのは難しい。俺だって最近ようやく彼女の表情の変化がわかるようになってきたところだ。

無表情で食事をするミレディ。

この国の料理は美味い。

王城のキッチンが優秀なのか、それともこの国の取り扱う材料が良いのか、はたまたイングレータの料理文化が進んでいるのかは、わからない。だけど、どの料理も美味しいのは本当だ。

コーラスなんてまだ飲み込んでもいないのに次の料理に手を伸ばしているくらいだ。

コーラスはコーラスで、長年辺鄙《へんぴ》な土地で精霊として生活……というには無理がある
……存在していただけだったから、こういう味覚に訴える食事には飢えているのだろう。

俺もミレディを見習って無表情を意識して食事をすることにした。

無表情でパンを口へ運び、無表情でスープを飲む。

無表情で鶏肉を切り分けて食べ、無表情でナプキンで口を拭いた。

無表情で――

「ぷっ、ふふふ……アスラ、どうして変顔で食べてるの？」

とうとうミレディが噴き出した。

すかさず口を押さえるが、涙目になって肩を揺らして笑っている。

「へ、変顔？」

「うん……違うの？」

「違うよ。顔に出やすいって言うからミレディの無表情を真似して顔に出さないようにしてたんだよ」

「ぷはっ、あはははは……」

ミレディの笑い声は殊更《ことさら》に大きくなり、口を手で覆っているものの、大きく開かれた口

は片手で隠せるものではなかった。

　初めて見た。

　ミレディの大爆笑。

　この世界で二十年近く生きてきて、初めてだ。

　コーラスもミレディがここまで大笑いするのがあまりに予想外だったのか、食べる手が止まっていた。

　大部屋に居合わせたイートゥーとラズも唖然《あぜん》としてこの光景を眺めるばかり。

「あはははは！　なんでっ、あははっ、なんでへんがおっ、ふひひひ！」

　さすがに笑い転げはしなかったが、腹を抱えて笑っていた。

　ひとしきり笑ったミレディは、呼吸がロクにできていなかったのを思い出したかのように肩で息をし始める。

　そして食卓の上のコップの水を一気に飲み干した。

「あぁ……おかしい……」

　泣き笑いの涙を指でそっとすくってミレディは椅子《いす》に座り直す。

「アスラのそうやって笑わせてくれるとこ、好き……」

「っ……!?」

「ッ……ゴホゴホっ」

急な告白に俺は胸が跳ね上がり、コーラスに至ってはまさか自分の前でイチャつかれるとは思っていなかったのか料理を喉に詰まらせてむせ始めた。

かつてミレディは微笑むことは幾度もあったが、こんなふうに人目を憚《はばか》らずに大笑いしたのは初めてだ。

珍しいなんてもんじゃない。初めてなんだ。

解放軍に狙われ続け、実の父にお前は道具として生まれたと言われた彼女の人生において、この大笑いは何気ない日常の一ページであっても、とても大切なことに俺は思えたし、意味のあることだと確信できた。

しかし、そう感じているのはミレディを含め、この場では俺だけだろう。

「馬鹿笑いした後に好きってどんな情緒だよ……」

「だってそう思ったんだもん……この料理美味しいね」

思ったんだもん……か。そう言いながらサラダを口に運ぶミレディ。

そして無表情に戻りつつも美味しいと言う。

その感情に触れられるのが特別と感じるのは俺だけだ。

それがどれだけ嬉しいことだろうか。

もし俺の言動がミレディの感情を解放するトリガーになっているのだとしたら、いくらでも馬鹿になれるし、どんな馬鹿もやってみせる。

ミレディはもう、一生分の感情を押し殺して生きてきたはずなんだ。

俺たちの旅の目的は魔王軍討伐。

こんな気の抜けた日常を過ごせるのは、魔大陸に入る前の今日だけ、この瞬間だけだ。

しかし俺が魔王軍討伐に協力するのは、ミレディの生きるこの世界とこの時代を平和なものにしたいからに他ならない。

元を辿れば全てはミレディのため。

だからこんな間の抜けた食事の場も必要不可欠に思えるんだ。

その後は俺の変顔と名高い自称無表情を何度しても、ミレディが再び大笑いをかますことはなかったが、楽しそうに目を細める彼女の表情は何度でも見ていたかった。

俺がその変顔をやめたのは、コーラスのこの一言が出たからである。

「バカップル……」

……。

一瞬で頭が冷えた。

バツの悪さに咳払いをわざとらしくしてから、俺は食事に専念することにした。

ネブリーナたちがブラッドベリーとの打ち合わせから戻って来たのは、俺たちが食事を終えた頃である。

◇◆◇

ネブリーナ、クシャトリアとアルタイルは、ブラッドベリーとの打ち合わせを終えて大部屋に戻ってきた。

大部屋に待機していたイートゥーとラズが敬礼をする。

「楽にしてください。それにミレディたちも、お疲れ様でした。ブラッドベリー国王から話は聞きましたよ」

「ネブリーナ……打ち合わせって？」

イートゥーやラズ、他の騎士隊や魔王軍討伐に参加しているメンバーは知っているのかもしれないが、俺たち三人は聞いていない。打ち合わせの内容は知っておきたかった。

「はい、ブラッドベリー国王と話したのは、今後のエアスリルの軍が魔大陸へ向かうための道についてです」

「あの国王、身長は低かったが、プライドだけは高かったようだな。アスラたちにボコボコにやられたことに怒りながらも、約束通り全面的に協力するとのことだ」

ネブリーナに続いてクシャトリアが付け加える。節々に憎まれ口を叩きながらも説明をしてくれる。

「ここにいない騎士隊員には後でイートゥーたちから周知するとして、アスラが集めた冒険者や魔法学園の方たちをここに集めてくれますか？　先に打ち合わせの内容を説明します」

ネブリーナにしては珍しく早口になっていた。

少し興奮しているように見える。

「どうしたんだネブリーナ。焦っているように見えるぞ」

「ええ……すみません……ですが実際、これから話す内容を聞けば、アスラもわかりますよ、きっと」

「そんなに？」

「とにかく人を集めてください。集まり次第、説明をします」

「わ、わかった……っ」

ミレディとコーラスにはそのまま大部屋にいてもらって、俺は自分が招集したメンバーを呼びに行った。

コールソンをはじめ、ゴルドーやルバーシ、マリーの冒険者組は自室で休んでいた。

「コールソン、ネブリーナのブラッドベリーとの打ち合わせが終わったらしいよ。大部屋に集まってほしいんだって」

「わかった。他の冒険者メンバーも連れてすぐ行く」

「よろしく」

他のメンバーは自室にはいなかった。

王城の使用人に尋ねてみると、王城の建物外の敷地にいる者や、街に出掛けた者がいるらしい。

王城を出てみると、魔王軍討伐を決めた初期からいるメンバーのジュリアとヴィカが王城の敷地内に置いてある馬車や荷台、その他魔大陸で必要な資材の点検をしていた。

「アスラ様？」

「どうしたの、アスラ？」

「大部屋でネブリーナがみんなを集めてる。確認してもらってるとこ悪いんだけど、一旦そっちに行ってくれる？」

「はぁい」

「わかったわ……あ、置いといていいからね、後で私たちの方でやっておくわ」

二人は戦闘には加わらない。

だからこその責任感なのか、旅の準備には余念がなかった。

「ありがとう」

二人が王城の中へ入るのを見届ける。

となると、街に出掛けたのは魔法学園のメンバーか……。いや、魔王軍討伐の一世一代の大仕事の途中で観光なんて余裕をかますメンバーはアイツらくらいか。

俺はイングレータに入港してから王城まで歩いて来た道を、来た時とは逆方向に歩いて探してみる。

「くっそ、どこ行ったんだ……」

まさか何か事件とかに巻き込まれていないだろうな……。

魔法学園メンバーだから……学園時代に同室だったロジェに、同学年だったイヴァンとジム。それにミレディの兄貴のノクトアと、ダンジョンで知り合ったセラとネビキス……あとはイヴァンの屋敷にいた元人工精霊のオリオンもか……。

そしてミレディのメイドを務めているユフィ、ノクトアのメイドでユフィの姉であるソフィも。

数えてみると大所帯だ。

見落とすはずがない。

事件に巻き込まれたとしても、あのメンツが後《おく》れをとることはそうそうないだろうし……。

考えながら歩いていると船を停泊させてある港まで戻って来てしまった。

が、船の下には魔法学園メンバーが固まっているではないか。

「おーい、ネブリーナが呼んでたけど……って、みんなしてどしたんだよ？」

声を掛けるまで、その場の全員が俺に気付かず、自分たちが乗って来た船を眺めていた。

「アスラちゃん……私たちね、最初は街で楽しく買い物したり食べ歩いたりしてたのよ？　でもね……」

ロジェだ。

オカマ野郎ってことを除けば、大人びた言動をするロジェが、見たこともない不安そうな顔をしていた。

「怖くなっちゃったんだよ。自分の国を離れてさ、遠い大陸まで来て……そんで明日には魔大陸でしょ？　楽しもうにもいよいよって感じがして楽しめなくなったねって……」

セラ……。

セラはまるでみんなの気持ちを代弁するかのように語る。

しかし、彼女の言うことは正しい。

俺が誘い、みんなは各自の判断のもと、その誘いに乗った。

言ってしまえば自己責任だが、彼らはまだ二十歳にも満たない、子供なのだ。

死線をいくつも潜《くぐ》り抜けて来た冒険者でも、ましてや厳しい訓練を受けて戦いのエリートと名高い騎士隊でも、もちろんない。

自己責任という言葉で彼らの恐怖をねじ伏せてしまうには、あまりにも彼らは幼い。

もっと言えば、俺は前世の記憶があり、体こそみんなと同じ年代だが、精神年齢が違う。

　俺が気遣い、ケアしなくてはいけないところだ。

　彼らや俺の重く暗い内心など無視するかのように、明るい太陽が港を照らし、打ち寄せる波の音が清々しさを強要してくる。

「ここだけの話、明日、魔大陸に行くけど、ここに残っても誰も文句は言わないと思うぞ」

「だろうな……でも俺たちゃガキじゃねぇんだ。アスラに誘われたが、ここに来ると決めたのは自分たちだ。そうはいかねぇんだよ」

　イヴァン。

　責任感の強い男だ。それに仲間想い。しかし、それは俺を想って言っているのだとしたら、俺の考えとは少し齟齬《そご》があるようだ。

「ああ、ここに来ると決めたのはお前たちだよ。でもそんなのわかってる。その上で、ここに残ってもいいんだ」

「ふん、わかっていないな、アスラ＝トワイライト……」

「ノクトア……何が言いたい」

　こいつ何してもキザに映るからムカつくんだよなぁ……だけど、こいつイケメンだから無駄に映えるんだよ……つまり、ムカつくってことだ。

「ここにいる連中はみんなお前に借りがある」

「ん？　ない……よな？」

一瞬考えたが、恩を売った覚えはない。

考えて出てこないんだ。おそらく貸しは作っていない。

「いいえ、あるわよアスラちゃん。私は魔法学園のクラスマッチで最初は渋ってたあんたが参加してくれた。無属性なのにみんなに認められたのよ。あんたと勝てたおかげ……」

と、ロジェ。

「俺は屋敷の一件でだ。助かったよ」

と、イヴァン。

「俺は親友のイヴァンの心を助けてもらった恩が。オリオンも似たようなもんだよな？」

と、ジム。

「ええ……使われていたとは言え、元は解放軍で人工精霊だった私を、人間の世界で難なく暮らしていけるように取り計らってくれたのは、後にも先にもアスラ、あなた一人でした。できることなら、あなたを応援したい……」

と、オリオン。

「私たちはダンジョンで命を助けてもらった！　アスラ、あなたって命の恩人なのよ？　ね、ネビキス君？」

「ああ……お前には借りがある……返したい」

　と、セラとネビキス。

「俺は……特にない！」

　と、ノクトア。

「ないのかよ」

「ああ、ないが、妹のミレディがこれまでになく幸せそうにしている。百歩譲って、お前のおかげと言ってもいい。それに魔大陸に妹が行くのに、兄が行かないんじゃ格好がつかないだろう？」

「百歩譲るな」

　格好がつくつかないの話ではないんだけどな……って、これはこれでノクトアの気遣いか。ついて行くとストレートに言えない。不器用なやつなんだ、ノクトアは。

「私とユフィもノクトア様と同じ思いです。ノクトア様やミレディ様が魔大陸へ行くのに指を咥《くわ》えて待っていられません。きっとそれはヴィカも同じなんですよ」

　と、ソフィ。ユフィも強く首肯する。ヴィカは俺が昔フォンタリウスの屋敷で暮らしていた時に俺を担当してくれていたメイドだ。今もきっと、俺の支えになろうと無償の愛を注いでくれているんだ……。

「ノクトアはともかく……」

「ともかくするな！」

「……みんなは恩返しをするために来てくれたのか？」

「違うわよ」

「違うのかよ……」

ロジェに一蹴される。

「友達だからに決まってるじゃない」

「……友達？」

「そうよ、だから私たちを頼ったんでしょ？」

そうだ……ロジェの言う通りだ。

ネブリーナに腕の立つ知り合いを呼んでくれと言われて、冒険者メンバーと魔法学園のメンバーに声を掛けたのは、決して腕が立つから、という理由だけではない。

腕が立ち、いくら強くても、親しくない人間を呼んだりしない。

彼らを呼んだのは、一緒に何かをやり遂げた仲間……友達だからだ。

一緒にとんでもない達成感を伴う人生を変えてしまうような成功体験をした仲間だから呼んだのだ。

こいつらとなら、魔王も倒せると本気で思ったことが、誘った理由の根源である。

「そう……だったな、俺バカだ……」

ロジェたちの不安そうな顔少し見ただけで揺らいで

た」

「バカは元からでしょ？　それに不安がってただけじゃないのよ」

今度のロジェは、どこか得意げな顔をする。

「覚悟を決めてたんだ。みんなでここに帰って来るってな」

そのイヴァンの一言で、魔法学園のメンバーからは不安気な空気が払拭《ふっしょく》され、それとは逆に腹が決まったような雰囲気が感じられた。

ここでなおも彼らを心配する言動は野暮だろう。

「そうこなくっちゃな」

俺もそれに乗っかることにした。

俺たちは英雄の凱旋《がいせん》とばかりに騒ぎながら王城に戻った。

不安を背負って慎重になっている奴らより、吹っ切れた奴らの方が土壇場ではよく動き、そしてそれは前者よりも正しい行動を取ることが多い。

それは、この世界で得た経験則だった。

彼らは後者になるための儀式をしていたのだ。

俺はそう思った。

彼らの不安や命の安全を慮《おもんぱか》る言動は、おそらく彼らにとって失礼にあたる。

俺は、仲間や友達に頼ることの大切さを学んだんだと思う。

が、王城に戻ったら案の定、ネブリーナに怒られた。

「遅いし、うるさいです……他国の地で何を馬鹿騒ぎしているんですか」

ダブルで怒られた。

「いや、違うんだよ。あいつらが港で不安そうな顔をしてたから俺はだな……」

と、言い掛けた時だ。

魔法学園のメンバーの誰一人として、俺と目を合わせようとはしなかった。

「いや、俺たちは知りません」

しかもあろうことか、イヴァンに至っては我が身可愛さに保身に走り、俺を売りやがった。

「そうそう、なんのことか私たちには……」

セラまで？

もはや俺の大売り出し。

誰も助け舟を出そうとはしない。

これが……目的を共にした一致団結した仲間の力か。

俺一人に罪を被せるという目的の。

「お前ら！　さっきまで仲間だ友達だって！　言ってたじゃんか！　だからあんなに騒いだのに！」

「つまり、あなたが騒いで帰って来たから遅くなったのは事実なんですね、アスラ?」

ネブリーナが怒っている。普段温厚な人ほど怒った時が怖い。

あいつら、俺一人に罪をなすりつけやがってぇ……くっそぉおお!

もはや言い訳は無駄。すでに奴らの術中である。

「ご、ごめんなさい……」

「あなたは戦いでは右に出る者がいないほどの猛者《もさ》なのに、それ以外だと、てんで役に立ちませんね」

ネブリーナの言葉の一つ一つが重くて辛い。

あいつら、今に見てろよ……魔大陸に行く前の今夜、地味に嫌なイタズラを仕掛けてやるからな。夜中に部屋の扉ノックして姿を消したり、変な物音立てたり、俺の魔法があればできるからなぁ。怖がらせて寝不足にしてやるぅ……。

「さて、予定より集まるのが遅くなりましたが、ブラッドベリー国王との打ち合わせ内容をお伝えします」

まだ言うか、ネブリーナ?

俺の唯一の味方であるミレディはブラッドベリー戦での疲労と昼食の満腹感とで眠そうな顔をしている……。

助け舟はない……か。

「出発は予定通り明日の明朝。船は置いて、馬車と徒歩で向かいます」

「ってことは、魔大陸は陸続きなのか、姫様？」

コールソンが顎《あご》に手をやり考えながらネブリーナに尋ねる。

「内陸ってことも考えられるぞ」

ゴルドーも続いた。

「落ち着いて。最後まで聞いてください。魔大陸は、イングレータから陸続きでも内陸でもありません――」


「――『裏側』にあります」


「う、裏側ぁ？」

「裏ってどういうことだ？」

「なにかの暗号か？」

ネブリーナは注意したそばから、すぐに話を遮られた。

しかしそれは無理もない。

裏側って言ったか？

俺だって驚いているさ。いや、驚いたと言うより、困惑に近い。

コールソンやゴルドー、ルバーシも同じだろう。ネブリーナの話を遮ったのは困惑によるものだ。

「いいですか、みなさん。関係ない話に思えますが、この世界の形はどのように考えますか？」

しかしネブリーナは真剣そのもの。額には汗を滲《にじ》ませている。

「どうって……海と陸地？」

ジュリアが宙を眺めて想像しながら答える。

「そうですね……じゃあその先は？」

「大陸を出て、海をずっと進んで、その先ってことですか？」

「そうです」

ロジェが話を核心に近づけた。

「その答えは、何もありません。『無』です」

無……？

それはこの地球……いや、ここは地球ではない惑星にな……いや待てよ、待て待て……

そもそもここは惑星なのだろうか？

無ってことは、惑星の外側？

宇宙ってことか？

というか、根本的な話として、この世界の住民には宇宙や惑星、地動説といったような概念はあるのだろうか……。

今まで気にしたことがなかった。話にすら挙がらなかったからだ。前世の固定概念でこここも地球と同じような環境の惑星なのだと思っていた。

しかし、ネブリーナの話次第では、その常識が覆されそうで……自分の中では普遍だと思っていた概念が否定されそうになっているのだ。空は青く、夏は暑く冬は寒い……それに似た常識が覆ろうとしているのだ。

「そもそも、この世界はどんな形をしていると思いますか？　少なくとも私は考えたこともありませんでした……」

「もったいぶるなよネブリーナ、裏側ってどういうことなのさ」

俺は自分の絶対的な常識が揺らぎ始めていることで、焦りを隠せなかった。

「はい、裏側があるというのは――――」

「――――この世界が平面の形だからです」

へ……へい、めん……？

なんということだ。

じゃあつまり、世界には「果て」があるということになる。

「平面？」

コールソンが首を傾げる。

みんなも一様に困惑していた。それもそのはず。世界の在り方など、この世界の人間は気にしたことがなかったのだ。ここ、イングレータが新大陸と呼ばれるはずである。自分たちの大陸の外にはあまり目を向けてこなかったのだから。

「この一枚の紙で想像してみてください」

ネブリーナは手近にあった羊皮紙を手に取り、みんなに見えるように手の平に置く。

一同は何が始まるのかと固唾《かたず》を呑《の》んでネブリーナの話の続きを待った。

「想像してみてください。ここが私たちの今いる大陸です」

そう言って、ネブリーナは羊皮紙の上に羽ペンで丸を描く。

そして大陸を模した丸の中心にペンで穴を開けると、羊皮紙を裏返してペンを抜いた。

さらに、ペンで開けた穴を丸で囲い、それをみんなに見せた。

「この大陸のどこかに大穴があってですね……その穴を抜けた先が魔大陸への入り口になっているそうなんです」

ネブリーナはどう説明すれば伝わるか、悩みつつも俺たちに説明した。説明する本人もブラッドベリーから聞いただけの話を俺たちに流しているだけなのだ。

「つまり……この地面の裏側にも別の地面があって、俺たちの足の下には別の海や空が反転して広がってるってことか？」

「その通りです、ゴルドーさん。しかし、このまま大穴を下りると、そのまま裏側の世界の空に落ちてしまうそうなので、この指輪を……」

空に落ちる……そしてその先はもしかして宇宙か？

恐ろしい世界だ。空に落ちれば二度と戻って来られない。

ネブリーナはこの場の全員分の指輪を用意しており、それを一人ずつ手渡して回った。

白い石で作られたシンプルな指輪である。

試しに指輪をはめてみると。

「うぉわっ！」

ドタ！

なんということか。

俺は大部屋の天井へ向かって『落ちた』のだ。つまり装着者の重力を反転させる不思議な指輪である。

いよいよネブリーナの話の真実味と実感が湧いていた。こりゃあただ事ではない。

俺の物理の常識を覆す摩訶不思議《まかふしぎ》な動きを見て、一同には驚きとともに緊張が走った。

大部屋の天井は高かったため、少し痛い……。指輪を外すと重力は元に戻り、俺は床に戻ることができた。

「明日、この大穴を抜けます。抜けた先は今のアスラみたいに上下が逆になりますので、この指輪を絶対に忘れないようにしてください」

ネブリーナは羊皮紙の穴を見せながら、くれぐれも、と注意喚起をした。

「大穴を抜けた先はイングレータの廃墟ですが、すぐ隣は魔大陸となります。大穴の先には魔物がいることを前提で動かなければなりません。常に気を抜かないように」

ネブリーナは現在考え得る今後の危険を最大限に予見し、俺たちに伝えようとしてくれている。

しかし、それは同時にこの先にそれだけの危険が待ち受けていることを意味していた。

いよいよただ事ではなくなってきた。

ネブリーナが額に汗を滲《にじ》ませるわけだ。

ネブリーナは俺たちの次に大部屋に騎士隊員を集め、これと同じ説明をするらしい。俺たちは一時、大部屋を後にした。

俺たちは大部屋から少し離れた廊下で自然と足を止め、話し始めた。

「いよいよって感じだな」

コールソンが不安……なのだろうか、焦りのようにも取れる言葉をこぼす。

「明日の今頃には魔大陸で寝泊まりする準備をしているなんて……」

ジュリアも頷《うなず》き、コールソンに同意した。

廊下には外から夕陽が差し込んでいる。暗くなってきた。各々の顔が陰り、沈んだ表情に見える。

しかしこの旅に呼んだのは俺なんだし、何か言わないとなぁ。

「大丈夫だ！　俺がついてる！」

言うだけ言ってみた。無駄ではないはず。

「…………」

「…………」

「…………」

誰も反応しない。静寂が耳に痛い。

「…………まさか明日には魔大陸にいるなんてなぁ……」

そしてコールソンの一言で無駄になった。人が気遣ってやってんのに完全に無視決め込んでくれちゃってさぁ。

「もういいよ！　励ましてやろうと思ったのに！」

「だはは、わりぃわりぃ。いの一番に指輪で天井に落ちたやつが何か言ってやがるって思ってよ」

「謝る気ないだろ……」

「いや、俺も魔大陸に行くことは自分で決めたのに弱気になっちまった。誘ってくれたお前にも悪かったよ」

一同がピクリと動く。

コールソンの言うことに、みんな心当たりがあるのだ。

むしろコールソンは、今更不安になるのは誘ってくれたアスラに悪いぜっていう考えをみんなにわかってもらうためにここでそう言ったのかもしれない。

コールソンは筋肉ダルマの割に頭がよく回る。きっと俺を気遣ってくれたんだ。

「俺たち魔法学園から来た奴らは、さっき街に出て覚悟を決めてきた……。みんながいればきっと魔物や魔人にも勝てるさ」

「そうね」

イヴァンの言葉に、ロジェが明るく同意した。

「学生連中が気張ってんのに、俺たちが沈んでたら冒険者の名折れだ。魔大陸だろうが魔王の住処《すみか》だろうが、どこでも行ってやるぜ」

イヴァンに呼応するように、ゴルドーがルバーシの肩をバンバンと叩きながら笑った。

下を向いて陰っていたはずの一同の表情は、いつの間にか夕陽に照らされて笑って見えた。

いよいよ魔大陸へ踏み込む大事な日を迎える。

しかし、自分でも不思議なことに、思いのほかぐっすりと眠ることができた。今日が人生最後の夜になるかもしれないという不安から、ミレディを抱こうと思っていたのに、気が付いたら朝だった。この国に来てから余程、気を張っていて神経を擦《す》り減らしていたのか、知らず知らずのうちに眠っていたのだ。

「おはよ……」

しかしミレディは俺の邪念などに気付くこともなく、いつもと変わらぬ淡く儚《はかな》さのある微笑みと挨拶《あいさつ》を与えてくれた。

それに比べて俺という男は……。

あー、死んでくれぇ……頼むから昨日の俺死んでくれぇ……。

「おはよう」

「表」側で目覚める最後の朝だというのに、気分が悪いったら。

ミレディの朝は早い。

この世界の俺は寝坊癖がある体だったが、ミレディとの生活を重ねるうちに、すっかり俺まで早起きになっていた。

ミレディと過ごすこの時間、早起き特有のこの気怠《けだる》さも悪い気はしない。

「起きたらまず大部屋に集まるんだったよね？」

「ネブリーナは寝る前にそう言ってたな」

俺とミレディは大部屋に向かった。

大部屋はネブリーナの寝室になっている。

ノックをするか迷ったが、まだ眠っているだろうと踏んで、そっとドアを開けた。

部屋の中はまだ暗い。ノックは遠慮して正解だったな。

大部屋へ俺、ミレディの順にそっと踏み込む。耳を澄ませると、部屋の奥では寝息が聞こえた。

「寝てるな……」

「部屋に戻ってようか」

「だな」

俺とミレディは大部屋から出ようとしたが、視界の端で動く黒い影があった。

俺は大部屋から出ようとしていた体を戻すと、黒い影はすでに眼前に迫っているではないか。

足音すら立てないのか……！

黒い影から放たれたものを咄嗟《とっさ》に手で受け止める。

パンっ！

受け止めると乾いた音がした。

「……っ？」

その音でミレディが俺を振り返り、事態に気がつく。

感触でわかる。受け止めたのは握られた拳だ。

「殺す気か……っ、いい加減力抜けよ」

黒い影。

この大部屋にネブリーナと一緒にいる者で、この素早さと怪力を誇るのは一人だけだ。

「なんだ、お前だったか、アスラ」

クシャトリアだ。

こいつこいつもは食い意地ばっか張って興味なさそうにしてるくせに、ちゃんとネブリーナの護衛はしてんのかよ……。

いや、いいことなんだけどさ。

今回に限って俺が不運だった。

ちゃんと近衛騎士やってんだな。

「魔大陸に入る前に死ぬところだ」

「お前なら私の拳くらいでは死なないだろう？」

「ギリギリ死ぬわ」

クシャトリアだとわかり、ミレディが安堵《あんど》で胸を撫《な》で下ろす。ミレディは俺の服の裾を反射的に掴《つか》んだのだろうか、服を握りしめていた手をそっと離すのがわかった。

「そっと入ってきたお前たちが悪いんだぞ。ノックくらいしろ」

「寝てると思ったから静かに入ったんだ」

傍若無人《ぼうじゃくぶじん》、厚顔無恥を代名詞とするお前に礼儀を説かれる日が来るとはな……俺はお前の成長が嬉しいよ。

「寝ていると思ったなら入るな」

「ネブリーナが起きたらまず最初に大部屋に来いと言ったんだぞ」

「おや、そうだったか……」

クシャトリアは、そんなこと言ってたか、と言うかのごとく首を傾げる。

「知らなかったのかよ……」

と、クシャトリアと話していると、次は視界の奥でごそっと動く影があった。

「なんですか、朝から騒がしい……」

ネブリーナが起きたようだ。

図らずも寝起きドッキリになった。

「お前が昨日ここに来いと呼んだんだろ？　他のみんなも起きたらここに来るぞ」

「んー……」

ネブリーナは寝癖で髪がボサボサになった頭を掻《か》きながら体を起こす。目がまだ開き切っていない。

「にしても早過ぎませんか……ふぁ……」

欠伸《あくび》をしながら早いと言うネブリーナ。

まあ確かに……俺とミレディの起床時間が異様に早かったのは認める。

ネブリーナは眠気まなこを手で擦《こす》り、ベッドから立ち上がり伸びをした。

「ふぁあああ……」

お姫様の寝起き……見ちゃいけないものを見てしまった背徳感とネブリーナの愛らしさが混ざっている。

ネブリーナの寝間着に目を奪われていると、背後からミレディの視線を感じて、さっと目を逸らした。

俺たちの早起きは徒労に終わり、他のメンバーがすぐに大部屋に集まることはなかった。ネブリーナの目が覚醒する度合いに比例して、他のメンバーも大部屋に集まりだしたが、揃《そろ》うまでに時間がかかり、何とも締まらない集結率になっていた。

結局俺とミレディが勇み足なだけだった。

しかも大部屋に集まったのは俺が招集した十八人のメンバーだけじゃない。騎士隊もみんないる。

「姫様、騎士隊員の集合も完了しました」

騎士隊長のランドが畏《かしこ》まり報告をする。

「ありがとうございます、ランド騎士隊長」

ネブリーナがみんなの前に出ると、一同はネブリーナに注目した。

「おはようございます、みなさん。魔王を討伐するまでの間、今日は『こちら側』で食べる最後の朝食です」

その言葉に一同が固唾《かたず》を呑《の》んだのを、俺は感じた。

しかし、誰も沈痛な面持ちをすることなく、ネブリーナを見据えていた。

「脅かすわけではありませんが、これからきっと人生で最も大変な日々が続くでしょう。しっかりと食べて、しっかりと備えてください。でも、楽しめる時は楽しんでくださいね。どうか、楽しい朝食を」

まるで学校の給食で生徒がする「いただきます」の挨拶《あいさつ》だ。だけど、その挨拶には「終《しゅう》焉《えん》バージョン」という危なっかしい但し書きがついて来ることだろう。

ネブリーナが言いたいこと。それは、ここまで来たなら腹をくくって今後の備えをしろ、腹を満たせ、だけどそこまで割り切ったのなら、食事くらいは楽しもう……だと俺は思う。

合っているか間違っているかは置いといて、騎士隊も俺が招集したメンバーも、わいわい話しながら朝食をとり始めた。

「蜂蜜取って」

「はい」

「え、パンに掛けるんじゃないの？」

「卵だろ、どう考えても」

「信じらんない……」

「吐き気をもよおすからやめろ。汚らしい」

イヴァンがジムに取ってもらった蜂蜜をゆで卵に掛けて食べていた。

それにセラが驚くも、イヴァンは自分の正当性を主張。

しかし、ロジェとクシャトリアは、まるで汚物に向けるような視線をイヴァンの食べているゆで卵に向けるのだった。

きっと、みんなもそうなんだ。

もう魔大陸に行く覚悟は決まっている。

魔大陸に行きたいヤツなんて、この場には一人もいないんだと思う。

しかし、魔物の増殖と暴走を防ぐためには誰かが魔王を倒しに行かなければならない。

騎士隊は職務だから嫌だ嫌だとは言っていられないのかもしれないが、俺が声を掛けたメンバーは違う。

そのメンバーは、もちろん、本心では魔大陸には行きたくはないのだろう。

それは口に出さなくてもわかる。

でも他でもない俺が声を掛けたから来た、と昨日、魔法学園メンバーは言ってくれた。

魔大陸へ行きたくない気持ちと、俺を助けたいという気持ちを天秤《てんびん》にかけた時、俺への気持ちにやや傾いてくれたのだと、俺はそう思っている。

みんな怖いんだろう。

でも大丈夫だ。

ミレディはもちろん、この場の誰一人として欠けることなく、ここに帰って来よう。

誰かを守るために、俺はそのために強くなったんだ。

「俺たちも何か食っておこう」

「うん。私、サラダ取って来るね」

「あ、私の分もお願いしますミレディ」

「おま……っ、自分で行けっつの」

「はい、これコーラス分……こっちはアスラね」

「アスラだって取ってきてもらってるじゃないですか」

「あ、ありがとうミレディ」

「お肉ばっかりじゃだめだよ？　お野菜も食べるんだよ？」

「う……わかったから……」

「なんだかアスラって子供みたいですね」

「アスラは子供だよ……？」

「こっ、子供じゃないっ！」

「銀髪、こいつは子供だが他人に言われるととりあえず否定から入ってしまう悲しい男なんだ」

「知ったような口をきくなぁ、クシャトリア」

「いいのか銀髪、こいつがパートナーで」

「き、ききき、聞くなそんなもんっ！　もし否定されたら取り返しが付かない！」

「みんなもう知ってるんだね……」

「……」

「アスラちゃん照れてんの？」

「違うわい」

「顔真っ赤」

ロジェはともかく、セラにまで茶化された。

「堂々としてろよアスラ。こんな綺麗《きれい》な彼女、もう一生付き合えないぜ」

「イヴァンにまで……終わりだ」

「え、そ、そんなにか？」

「卵の食べ方といい、アスラの中の評価といい、今日はいろいろ終わっているなイヴァン」

「そんな調子で魔大陸行って大丈夫か？」

「こ、コールソンさんとゴルドーさんにトドメを刺されるとは思いませんでした……」

一同が語らい、一同が笑う。

そう、一同が語らい……いや、語らいと言うほど高尚な会話してねえな。

会話の内容はコンビニでだべっている大学生のそれだ。

もとい、一同で談笑し、一同が笑う……って、これだと笑うがダブったな。

もとい、一同で……。

……まあいい。

良いことっぽく言うのは苦手だ。

とにもかくにも、良い雰囲気が魔大陸へ行く前に生まれて、そして団結できたなら、現時点でこれ以上のことはないのだ。

朝食をみんなでたらふく食べた。

味もそうだが、みんなで食べる食事は美味い。

食事を終えると、とうとう魔大陸へ出発するための準備を始めた。

王城の北側……俺とブラッドベリーが戦った丘の方向だ。その丘を向いて王城の外では荷物や資機材、人員が集結し始める。

騎士隊は装備や武器、馬車や荷物を点検。ネブリーナはブラッドベリーと魔大陸までのルートを確認し、それをニコとヴィカ、オリオン、それに騎士隊長ランドに説明する。

俺とミレディ、それに冒険者メンバーはもちろん、魔法学園メンバーも資機材や荷物を担いだ。

そして忘れてはいけない……俺はコーラスと一緒にブラッドベリーのところへ荷物を持って行ってやった。

「はい、これお前の分」

ネブリーナとの確認を終えたブラッドベリーに大きなリュックを背負わせる。

「き、貴様ら……」

「おはようございます、ブラッドベリーさん」

「お前と呼んだりさん付けをしたり……俺は国王だぞ！　様を付けろ！」

「図々しいなぁ……もういいじゃん一回戦った仲なんだからさ」

自分で言っといてアレだけど、どんな仲だ……？

「ブラッドベリーさんはボロ負けしましたけどね」

「貴様ら、もしかしてとは思うが暇なのか？」

「んなわけ。負けたら下僕になるって約束したから来たんだよ」

「とりあえず荷物持ってくださいよ早く」

「貴様らが俺を嫌っているのは知っている……しかし下僕になる約束はしちゃいねぇだろ！　手伝うっつったんだ！」

「そだっけ？」

「そうだよ！」

「でもとりあえずは荷物持ちですね。道案内もしっかりしてくださいね」

俺とコーラスはブラッドベリーに一番重い荷物を渡した。

俺たちの去り際に、魔大陸で死ね、と捨て台詞《ぜりふ》が聞こえたが、取るに足らない犬の遠吠えだった。

散々、俺をコケにした上でミレディをそそのかし、あまつさえミレディにフラれたら暴言を吐き、彼女に怪我《けが》までさせた男だ。

そんな男に、俺とコーラスは笑顔でざまあ見ろと言ってやりたかったのだ。面と向かって言いはしないけど……。

「二人ともほどほどにね……」

ミレディの元へ戻ると、クスクスと笑いながら注意された。

注意するミレディも素敵だと思いました。以上。

騎士隊の隊列は縦長に組まれており、徒歩や騎乗した騎士隊員、そして馬車が様々な組み合わせで並んでいる。先頭にブラッドベリーと騎士隊長ランド。その少し後ろにネブリ

ーナやヴィカとジュリア、ソフィとユフィ、それにオリオンなどの非戦闘員が固まって馬車に乗っている。そしてその近くに王宮近衛隊のクシャトリアとアルタイルを配置。

俺が誘った冒険者メンバー、魔法学園メンバーは騎士隊の隊列に等間隔に分かれて配置されていた。

俺とミレディ、コーラス、そしてフォルマッジはしんがりを任せられている。

ミレディとコーラスはフォルマッジに乗馬していた。

そして何を隠そう俺は徒歩だ。最も素早く動けるのが徒歩だと言われて甘んじているけど、そもそも長距離を踏破できる自信がない。

大丈夫かなぁ……。

隊列の指揮は、騎士隊長のランドが執っていた。

「出発ッ！」

えらく気合いの入った号令が隊列の前方から聞こえる。

隊列の長さは二百メートルほど。その距離を地声で号令が最後尾まで聞こえるってどんな声量してんの。

俺の苦手な気合いとかそれに類する熱量がランドの声色から見え隠れしていた。

ランドの号令から少し時間を置いて、俺たちの前の馬車が動き始める。

ブラッドベリーの王城を振り返ると、使用人数名が見送っており、静かに頭を下げていた。

　朝食でネブリーナが全員の士気を上げたのが余程効いているのか、隊列の足取りは軽い。

　昨日ブラッドベリーと戦った丘を通り、ブラッドベリーをぶっ倒した森を抜けると、隊列が止まった。

　まだ二時間くらいしか歩いていない。

　前方から伝言が回ってくる。前にはイートゥーと特隊のラズが一緒にいたようで、二人が俺の所まで小走りで来てくれた。

「今、先頭が『大穴』に到着したところよ。順次先頭から『裏側』へ進むらしいから、準備できるまで待ってて」

「了解」

　イートゥーとラズが伝言を終え、前方の馬車へ戻っていくのを見送ってから、さらに先頭の方へ目を移すと、何やら小さな遺跡のようなものが見えた。

　あそこに『大穴』があるのだろうか。

「先頭が大穴に着いたんだって。遠くに遺跡みたいなものが見える」

　フォルマッジに乗る二人に伝えた。

「先頭から荷物を運びながら順番に『大穴』を潜っていたら、俺たち最後尾が『大穴』を拝めるのはまだまだ先だな。しばらく待機だってさ」

「わかった……」

「フォルマッジも休ませましょう」

ミレディとコーラスはフォルマッジから降りて、手直な岩に腰掛けて体を休め始めた。

そうして待つこと……一時間くらいかな。

テーマパークのアトラクションの待ち列よろしく、少しずつ前に進んで、ようやく『大穴』に辿り着いた。

目の前には直径がヘリポートのHマークくらいのサイズの穴が開いている。

周囲は石造りの遺跡があるが、余程古い建造物なのか、大きく崩れて所々しか残っていない。

『大穴』も人工的な石造りで模《かたど》られていた。

『大穴』を覗《のぞ》き込むと、驚いたことに、数メートルの筒状の穴の向こう側に、抜けるような青い空があるではないか。

大陸の陸地は十メートルもない筒状の穴で繋《つな》がるほどに薄いものなのか……いいや、この地点の『表側』と『裏側』ともに陸地が非常に薄いということが、ここに『大穴』が造られた理由に他ならないのだろう。

「本当に『裏側』があるんだ……」

『裏側』……ネブリーナが言った通りだ。

「……」

「……すごい」

さすがのミレディも絶句していた。コーラスは『大穴』を覗き込んでは、その辺の石を『大穴』に投げ入れて、『大穴』の向こう側にある空へ無限に落ちていく様をじっと見ていた。

つまり重力を逆にした世界が、今立っている地面の下にあるんだ。

まるで湖面に映った景色のように反転した世界があるのだ。

「そうやって穴を覗き込んでは全員が一喜一憂していたから最後尾のお前らまでこんなに時間がかかってんだぞ。いいから早くしろ」

ブラッドベリーだ。

ようやく最後尾か、とため息をつきながら、預けていた荷物を俺とコーラスに返す。悪態をつきながらも、ちゃんと荷物持ちしてたんだな……。

「まあ『大穴』に入る説明は前の連中が入るのを見て学べ」

『大穴』に入る説明をし過ぎて、手慣れているのを通り越して、面倒くさそうだ。

そのブラッドベリーの様子に、コーラスが「うざ」と悪態をついていた。

俺は苦笑いをしつつ、前に並んでいた馬車が『大穴』を抜ける様子を見る。

馬車や馬にロープをくくり付け、それをイートゥーやラズたち騎士隊員が引っ張っている。どうやら『大穴』の反対側からもロープで引かれているようだ。

馬車は馬が引き、馬は急な坂道を下る要領で『大穴』の中へ入って行く。こちら側の騎士隊員たちは、最初はロープを引いていないようだったが、馬があるラインを越えた瞬間にロープに荷重がかかったようで、急にロープを引き出した。

と思えば、荷重はすぐに抜けたようで、騎士隊員たちはロープから手を離す。

「わかったか？　お前らが見たように馬とか動物、荷物には上下の反転が働かない。つまり、魔大陸に歓迎されてねぇのは、俺たち人間だけだ。人間が自力で上下の方向を魔大陸に合わせるしかねぇ。いいか、『大穴』の途中に上下が反転する線がある。それを越える瞬間に指輪を指にはめろ」

俺たちは昨日ネブリーナに手渡された指輪を手に取り、それを眺めながら頷《うなず》いた。

前を行くイートゥーたちはすでに『大穴』を通り過ぎるところのようで、俺はそれに続く。

「俺から行くよ」

「気を付けてね」

「大丈夫だよ」

重力が反転した後に、重力を反転させる指輪を失くせば一巻の終わりだが、逆にそれだけ気を付けておけば、どうにかなる。

再度、『大穴』を覗《のぞ》き込むと、穴の向こうではランドがこちらを覗き込んでいるのが見えた。

「君たちが最後だ！　指輪を用意して穴に入れ！」

「わかった！　俺から一人ずつ行く！」

ミレディたちに目配せをすると、緊張した面持ちで首肯が返って来る。

「いいからとっとと行けよ」

ここで空気をぶち壊すブラッドベリー。ブレないねぇ。

「うるせー。戻ったらまたぶちのめしてやるからなー」

「へ、生きて帰って来れたらな。楽しみにしといてやるよ」

最後まで悪態かよ。

俺は指輪をいつでも付けられるように手に持ち、意を決して『大穴』の中へ飛び込んだ。

『大穴』の中。当然、自由落下する。

穴の中は筒状構造になっており、中も石造りだ。

筒の長さは十メートルもないくらいかな。

「ん？」

と、咄嗟《とっさ》のことだったが、筒の中に赤い線が引かれているようなところが見えた。一瞬で通過したし、古い穴で色も掠《かす》れていたから定かではないが、多分、赤い線のようだった。

もしかしてあれが重力の反転する境目になっているラインだろうか。

だとしたら、そのラインを通過した今、もうすでに『裏側』の世界に入っているということ？

俺はあっという間に『大穴』を通過した。重力加速度に従って加速して落下しているのだから当然である。

『大穴』を通過し、落下先の景色が一面の空に切り替わったところで指輪をはめた。

「うおわ！」

急に重力が反転し、今まで落下していた方向のGが一気に体にのし掛かる。

慣性の法則でしばらく空の方へ落下したが、次第に『裏側』世界の重力に引っ張られ始めた。

『裏側』世界の地面から十メートルほど浮かび上がった地点から落下する。

重力が反転したことで、俺にとっての『下』が、これまでの『上』になったのだ。『裏側』の世界の地面が『下』に切り替わる。

と、下を見ると、ミレディがちょうど地上に降り立つところが見えた。

俺のすぐ後に『大穴』を通って来たのだろうが、ミレディは慣性の法則を上手く使い、限りなく衝撃の少ない状態で『裏側』世界に着地していた。

スマートである。

ミレディが無事に『裏側』へ来られたようで、一安心だ。

と、思われたのは束の間。

「あがっ⁉」

何かが口の中に飛び込んで来た。畔道《あぜみち》を自転車で走っていたら虫が口の中へ飛び込んで来るあの現象を思い出す。

しかし口に入ったのは虫ではなく、カラコロと歯に当たり固い音を鳴らす金属製の物体……。

まさかと思い手に吐き出して見ると、指輪だった。

ミレディは無事に着地している……ということは……ッ！

「アスラ！」

そして『大穴』の中から勢いよく飛び出して来る影が見えた。

「コーラス！」

勢いがつき過ぎている。

ドンっ！

「うわっ！」

コーラスは落下する方向が変わっていない。重力が『表側』のままだ。おそらくこの指輪はコーラスのもの。そして彼女は『大穴』の中で重力が反転する前に何らかの不手際により指輪を落としたんだ……！

俺は落下するコーラスとぶつかり、何とかコーラスの手を掴《つか》む。

「もう大丈夫だ。離すなよ……」

「はい……ありがとうございます」

コーラスは指輪を失って相当焦っていたようで、深い安堵《あんど》のため息をついた。

俺とコーラスの体重は、俺の方がもちろん重いが、コーラスには地上から離れるベクトルで落下する力が働くため、俺とコーラスの体重差で俺たちはゆっくりと落下し始める。

『裏側』の地上に降りると、すぐにコーラスの指に指輪をはめた。

「ふぅ、危なかった。アスラが指輪を捕まえてくれなかったら私はどうなっていたことか……」

「二人とも怪我《けが》は？」

すぐにミレディが駆け寄って来た。

「俺は何とも」

「私もです」

ミレディは、ふぅ、と一息つき、周囲を見渡し始めた。

俺もそれに釣られて周囲を眺める。

騎士隊員たちは、馬車や荷物、装備や武器の点検をしていた。俺たちのコーラス危機一髪を見ていた騎士隊員もいれば、俺たちを気にする余裕もなく周囲を警戒している騎士隊員もいた。

先に穴を通った列の先頭は、ゆっくりとだがすでに進軍を始めている。

「これで全員だな」

ランドが全員無事に『裏側』へ辿り着いたことを確認してから、列に加わった。

空は青い。『表側』も『裏側』も空は同じ色をしていた。白い雲が浮かんでいるが、太陽がやけに白い……いや、『裏側』の空に浮かんでいたのは恒星ではない、衛星である月だ。『表側』で太陽が昇り昼の時は、『裏側』では月が昼を生み出していた。では『裏側』の夜はどうなるんだろう。

『裏側』も大穴は『表側』と同じように石材で模《かたど》られている。遺跡のような建造物もあるが、かなり保存状態が悪く、天井が抜け落ちていたり、柱が転がっていたり、荒れ放題で、石材の隙間からは雑草が伸びている。

「フォルマッジはどうするんだ……」

『表側』に置いて来てしまった。

「人や精霊以外は『裏側』に来て指輪がなくても大丈夫だって聞いたけど……」

ブラッドベリーがさっき説明した通りだ。現に、俺たちの前を進んでいた馬車は、俺たちのように指輪がなくても『大穴』へ入っていた。

ならフォルマッジも……？

俺は『大穴』を覗《のぞ》き込んで、フォルマッジを口笛で呼んでみた。

『大穴』の向こう側は空しか見えないが、確かに馬の嘶《いなな》きが聞こえてくる。きっとフォルマッジだ。

ブルル、と鼻を鳴らしながら、フォルマッジが『大穴』の向こう側から顔を覗かせた。

「おおーい、こっち来れるか？　受け止めてやるから！」

「いくらフォルマッジが賢くても言葉は通じませんよ？」

「やってみなきゃわかんな……っうわッ！」

コーラスの呆《あき》れを否定するかのように、フォルマッジは『大穴』から飛び出て来た。

『裏側』にいる俺たちから見れば、さながらフォルマッジは噴水のように地面の下から噴き上がって来たようだ。

「ヒヒヒン！」

フォルマッジは重馬だ。

落下する時の加速度も俺たちより高い。

当然、『裏側』でも慣性の法則は働き、フォルマッジはその巨体を宙に浮かび上がらせた。

俺はそれを何とか受け止めようとフォルマッジの影の下に入る。

「う、うおぉ……」

落ちて来るフォルマッジは普段より一回り大きく見えて少しビビる。

「アスラ……！　身体強化……！」

ミレディが咄嗟《とっさ》に叫ぶ。

「あ、そっか！」

俺は言われるがままに身体強化を自身に施し、フォルマッジを受け止め……。

ドスン！

「うげっ！」

もとい、下敷きになった……が、身体強化のおかげで軽い打撲で済んだ。

「ヒヒヒ」

フォルマッジは楽しそうに鳴き、俺の上から立ち上がる。

聞きようによっちゃ笑われている気がして少し癇《かん》に障った。

「ありがとう、ミレディ。助かった」

「それはいいんだけど……大丈夫？」

「ああ、なんとか」

気を取り直して、ミレディとコーラスは『表側』と同様、フォルマッジに乗り、俺は歩き始めた。

「だいぶ離されてしまいましたね……」

コーラスの目線の先を追うと、前の馬車は数百メートル先で遺跡地帯を抜けようとしているのが見えた。

「遠いなぁ」

少し早足で進むと、フォルマッジも軽快な足取りで続いた。俺たちが遺跡地帯を抜ける頃には、前の馬車との距離が少し詰まったような気がする……。

「なんだこの地面……距離感わかんないな」

「固い……岩だね……」

遺跡地帯を抜けた先には、真っ白な平面世界が広がっていた。

空から照らす白い月の影響で、ただでさえ白い岩肌が、より白く見える。

しゃがんで地面を触るミレディの姿は愛らしく、とんとんと岩を触る仕草がもう……ってそうじゃなくて、よく見ると白い岩が無造作に敷き詰められているだけの大地が地平線まで広がっていた。

「これが魔大陸……ですか？」

「思っていたのとは全然違うな」

「うん……」

魔大陸と言えば、暗雲が立ち込める暗い大地に、枯れた草木、蠢《うごめ》く魔物たち……そんなイメージだった。

ここには色彩も、暑さや寒さ、風も、音も何もない。

あるのは青い空、白い大地……それだけだ。

つまり、水分や食料のアテもないってことだ。

「これだけ見渡せると魔物や魔人と不意に遭遇する危険性は減るでしょうが、食料が心配ですね」

「最悪、馬を食べるかだな」

「駄目ですよ！　アスラ！」

コーラスがフォルマッジの背中に抱きつき、怯《おび》えた目で俺を見る。

「冗談だよ」

フォルマッジは意に介する様子もなく、ゆっくりとした足取りで白い大地へ踏み出した。

ポックポックと蹄《ひづめ》が牧歌的な音を鳴らす。

「しかしこうも音がないと逆に不安だな」

「変な感じ……」

やはり人間、風の音や草の音、他の生き物の音がしないと違和感を感じるのだ。この無音状態は地味にしんどい。

幸いにも気候は安定しているようで、暑くもなく寒くもなくといったちょうどいい気温だ。その分、夜に冷え込んだりしないか不安だけど……日中は問題なく動き回れる気候だということがわかっただけでも儲《もう》けものだ。

しかし、何度も言うようだが、この静けさはやけに耳に残り、不快感があった。シーンと静まり返っている空気が、逆にうるさい。

「ひとまず、前に追いつきましょう」

「そうだな。走るか」

「うん……」

俺はゆっくりと駆け出し、ミレディもフォルマッジを走らせる。

見渡す限りの広大な白い土地は、走るには気持ちがよかった。

走れば風が生まれ、耳には空気が流れる音がする。

奇妙な風景以外は、案外『表側』と変わらないのかもしれない。

俺はフォルマッジが後ろからついて来ることを確認してから、さらに速度を上げた。

〈『無属性魔法の救世主12』につづく〉

この作品に対するご感想、ご意見をお寄せください。

●あて先●

〒101-0052 東京都千代田区神田小川町3-3
イマジカインフォス　ヒーロー文庫編集部

「武藤健太先生」係
「るろお先生」係

ヒーロー文庫

ヒーロー文庫

無属性魔法《むぞくせいまほう》の救世主《メサイア》 11

武藤健太《むとうけんた》

2023年11月10日　第1刷発行

発行者　廣島順二

発行所　株式会社イマジカインフォス
〒101-0052 東京都千代田区神田小川町 3-3
電話／ 03-6273-7850（編集）

発売元　株式会社主婦の友社
〒141-0021
東京都品川区上大崎 3-1-1 目黒セントラルスクエア
電話／ 049-259-1236（販売）

印刷所　大日本印刷株式会社

ISBN 978-4-07-456651-8